रहस्यमयी
बाल कहानियाँ

शुभी गुप्ता

PG
PUBLICATION

दिल्ली-110089, (भारत)

शुभी गुप्ता

संस्करण : 2019
ISBN : 978-81-942084-9-5

प्रखर गूँज पब्लिकेशन
एच-3/2, सेक्टर-18, रोहिणी, दिल्ली-110089
दूरभाष : 7982710571, 7838505899, 011-27851059

प्रथम संस्करण : 2019

© सम्बंधित रचनाकार के अधीन

शब्द संयोजन : दुर्गाप्रसाद

आवरण : दुर्गाप्रसाद

रहस्मयी बाल कहानियाँ
By Shubhi Gupta

Published by
PRAKHAR GOONJ PUBLICATION
Delhi - 110089
E-mail : prakhargoonj@gmail.com
        sinha.neelu123@gmail.com
        7982710571, 7838505899, 011-27851059

दो शब्द

इस किताब में रहस्यों से भरी दिल को छू जाने वाली बाल कहानियाँ हैं, जिसे पढ़कर आपको अत्यंत आनंद आयेगा और आप हर बाल कहानी में एक रोमांचक सफर का आनंद उठा पाएंगे।

इस किताब को लिखने का विचार मुझे मेरे बेटे तेज गर्ग से मिला क्योंकि उसे बाल कहानियाँ सुनना बहुत अच्छा लगता है तो मैंने सोचा कि में अपनी इन बाल कहानियों को लोगों तक पहुँचा पाऊँ जिससे उन्हें भी ये बाल कहानियाँ अच्छी लगे और इसका आधा श्रेय मेरे घरवालों को जाता है क्योंकि बचपन से उन्होंने मुझे सिखाया है कि हर बुराई का अंत हमेशा होता है।

प्रखर गूँज पब्लिकेशन की एडिटर नीलू सिन्हा जी ने मुझे ये मौका दिया जिस वजह से मेरी बाल कहानियाँ आप तक पहुँच पाई हैं। मैं उनका तहे दिल से आभार वक्त करती हूँ।

मुझे विश्वास है कि आपको ये बाल कहानियाँ अच्छी लगेंगी।

शुभी गुप्ता

एक बहुत ही दयालु लड़की थी। उस लड़की के जन्म के बाद ही उसके माता-पिता स्वर्गवासी हो गए। वह लड़की जब भी किसी को परेशान देखती तो उसकी मदद करने की कोशिश करती। एक दिन वह लड़की जंगल की ओर जा रही थी। उसने बीच में देखा कि एक बूढ़ा व्यक्ति भीख मांग रहा है। उस लड़की के पास एक बिस्कुट का पैकेट था जो उसने उस बूढ़े आदमी को दे दिया। बूढ़े आदमी ने कहा, 'बेटी अगर तू मुझे यह दे देगी तो तू खुद क्या खाएगी?' उस लड़की ने बोला, 'बाबा मैं कुछ ना कुछ खा ही लूंगी, मेरा तो घर है।' फिर आगे चल पड़ी वो लड़की, तब उसने देखा एक छोटा बच्चा नंगा घूम रहा है। उस लड़की ने अपनी जैकेट उसे दे दी पहनने के लिए और अपने जूते भी। वह लड़का बोला, 'दीदी अगर तुम मुझे यह जैकेट और जूते दे दोगी तो तुम्हें ठंड लगेगी'

लड़की बोली, 'नहीं भाई ऐसा नहीं है। तुम इसे पहन लो तुम तो बिल्कुल ही निर्वस्त्र हो' चलते चलते वह लड़की घने जंगल मैं पहुँच गई, जहां वह आसमान की ओर देख कर बोलने लगी, हे भगवान! तुमने मुझसे मेरे माँ बाप को जन्मतुरंत बाद ही क्यों छीन लिया? मैं हमेशा सबकी मदद करती हूं, यह सोच कर कि शायद मेरे इन कर्मों से कुछ अच्छा हो जाए। तभी ऊपर से एक आकाशवाणी हुई, 'उस आकाशवाणी ने बोला, 'बेटी मैं तुम्हें एक वरदान देता हूं तुम्हारी इस दयालुपन से खुश होकर कि महीने में एक बार तुम अपने माँ-बाप से मिल पाओगी।'

आकाशवाणी के इतना बोलने के बाद ही ऊपर से उसके माँ-बाप

नीचे उतर रहे थे। उसके माँ-बाप की आंखें नम थी। यह देखकर लड़की की आंखें भी नम हो गई। उस लड़की की माँ ने उस रात उसे अपने हाथों से खाना खिलाया। पिता ने उसे कहानियां सुनाई और वह पूरी रात बात करते रहे। जब सुबह हुई तो उसके माँ-बाप ने उसे समझाया कि बेटा अपने घर आराम से जाना। कुछ सोना उसके माँ-बाप ने उसे दिया और कहा, 'इससे तुम एक अच्छा सा घर बना लेना'

'ठीक है पापा, मैं हर महीने आपसे मिलने आऊंगी'

और वह लड़की इसी बात को सोचकर खुश होती रही कि चलो हमेशा नहीं तो महीने में एक बार तो अपने माँ-बाप से मिल पाऊंगी। उनसे बात कर पाऊंगी और उनके साथ समय बिता पाऊंगी।

उल्लू बनाया भूतों को

एक जंगल में एक नीम का पेड़ था। उस पेड़ पर एक उल्लू रहता था और एक भूतों का बहुत बड़ा परिवार रहता था। उल्लू का नाम टिंकू था। टिंकू का एक दोस्त था जो कि एक शेर था। उस शेर का नाम राजू था। राजू और टिंकू साथ में बहुत सारा समय बिताते थे। साथ में ही खाना खाते थे साथ में ही खेलते थे। ज्यादातर सारे काम साथ ही करते थे।

राजू शेर जंगल में बहुत ज्यादा मशहूर था इस बात के लिए कि उसका एक दोस्त है जो कि उल्लू है। उसके साथी उसका बहुत मजाक उड़ाते थे कि शेर होकर तुमने उल्लू को अपना दोस्त बना रखा है। राजू को यह बात बिल्कुल पसंद नहीं आती थी। वह तो कई बार अपने ही साथियों से टिंकू के लिए लड़ जाता था।

भूतों के परिवार के सरदार को एक दिन कुछ मन में आया कि क्यों ना हम शेर को खा लें। सारे भूत बोले कि शेर को कैसे खा सकते हैं हम। सरदार बोला, 'अरे भाई यह तो अपने साथियों से अलग ही रहता है। इसे कौनबचाने आएगा? कौन इसकी आवाज सुनेगा?' सारे भूतों ने सोचा कि सरदार बात तो सही कह रहे हैं, पर अब इसे पकड़े कैसे?

अगले दिन सरदार ने अपना दिमाग लगाया औरअपने साथी भूतों से बोला कि तुम एक काम करो उसे यह बोलना कि हमारे सरदार को एक सपना आया है जिसमें उसने एक शेर को खा लिया है। भूतों को यह आईडिया बहुत अच्छा लगा और सारे भूत मिलकर उस शेर को अपने पास पकड़ लाए।

जैसे ही सरदार उस शेर को खाने के लिए आगे बढ़ा वहाँ टिंकू उल्लू आ गया। सरदार बोला कि 'तुम कौन हो? और यहाँ क्या कर रहे हो?'

टिंकू उल्लू बोला, 'सरदार मैंने एक सपना देखा है।' सरदार बोला, 'तुमने क्या सपना देखा है और मैं तुम्हारी क्या मदद कर सकता हूं?' टिंकू बोला, 'सरदार मैंने सपना देखा है कि मेरी शादी भूतों की सरदारनी के साथ हो रही है। सरदारनी ने यह बात सुन ली और बोली, 'देखो सरदार जी मैं किसी से शादी नहीं करने वाली हूं।' सरदार ने जब सरदारनी को देखा तभी मौका पाकर राजू शेर वहाँ से भाग गया, और सरदार को एक तरकीब सूझी, उसने बोला देखो टिंकू सपने कोई सच नहीं होते हैं मैंने भी देखा था कि मैं शेर को खा लूंगा पर देखो वह से भाग गया। टिंकू बोला, 'बात तो तुम सही कह रहे हो सरदार जी, मैं भी चलो चला ही जाता हूं पर मेरा मन बहुत है सरदारनी से शादी करने का।' और टिंकू वहाँ से निकल जाता है।

टिंकू उल्लू और राजू शेर एक साथ मिलते हैं तो खूब हंसते हैं कि बड़ा मजा आया भूतों को उल्लू बनाया। जब यह बात पूरे जंगल में पता चलती है तो सारे जानवर उनकी दोस्ती को सलाम करते हैं कि कैसे एक उल्लू ने एक शेर की मदद की और उसकी जान बचाई।

एक अंधविश्वास

एक काली बिल्ली थी। उस काली बिल्ली से सभी लोग डरते थे। एक छोटा बच्चा था जो काली बिल्ली को प्यार करता था पर जब भी वह बिल्ली के पास जाता लोग उसे बोलते कि यह काली बिल्ली है, यह अपशगुन की निशानी है तू इसके पास मत जा पर वह बच्चा उस बिल्ली को अपने पूरे मन से प्यार करता था। उसकी माँ भी उस बिल्ली और बच्चे के प्रेम को समझती थी पर कोई भी इस चीज को नहीं मानता था कि जो काली बिल्ली है वह कोई अपशकुन की निशानी नहीं वह बिल्ली उस बच्चे की दोस्त है।

एक दिन को बच्चा उसी के साथ खेल रहा था तभी वहाँ एक बूढ़ा आदमी आया उसने उस बिल्ली को लात मार दी जो उस बच्चे को बहुत बुरा लगा। उस बच्चे ने उस बूढ़े आदमी से कहा कि तुमने मेरी दोस्त को लात क्यों मारी? बूढ़ा आदमी बोला कि यह बिल्ली मेरे रास्ते में आई है अगर मैं इस रास्ते को ऐसे ही पार कर लेता हूं तो पूरा दिन खराब हो जाता। वह बिल्ली वहाँ से भाग गई, और दो दिन तक वापस नहीं आई। इस बात से वह बच्चा बहुत परेशान रहने लगा। उस बच्चे ने २ दिन से सही से खाना भी नहीं खाया। उसकी माँ भी इस चीज से परेशान हो रही थी कि वह बिल्ली गई कहां? तभी गांव में एक अफवाह उड़ने लगी कि गांव में एक चुड़ैल आ गई है, जो छोटे बच्चों को खा रही है। इस बात को सुनकर सारी गांव की माएँ डरने लगी और अपने बच्चों को घर के अंदर छुपा के रखने लगी।

एक दिन वह बच्चा अपने घर के बाहर खेल रहा था तभी अचानक

वहाँ से गायब हो गया। सब ने यह कहा कि उस बच्चे को, चुड़ैल ले गई अपने साथ और अब उसे खा जाएगी। इस बात से उस बच्चे की माँ बहुत ज्यादा घबरा गई। उसने उस बच्चे के पिता को फोन किया जो कि शहर में रहता था। पिता भी डर के मारे वापस अपने घर आया और उस बच्चे को ढूंढने लगा।

गांव के सभी लोग उस बच्चे को ढूंढ रहे थे, तभी एक व्यक्ति ने कहा कि यह बच्चा उस काली बिल्ली के साथ खेलता था ना इसलिए इसे वह चुड़ैल ले गई, इन सब बातों से उसके माता-पिता बहुत ज्यादा भयभीत हो गए और इस बात पर यकीन करने लगे कि सही में काली बिल्ली अपशगुन का ही प्रतीक है, और उस काली बिल्ली की वजह से ही उनका बच्चा उस चुड़ैल के पास चला गया।

चार-पांच दिन गुजरने के बाद, अचानक से वह बच्चा सामने से भागा भागा आ रहा था। सभी ने देखा कि यह बच्चा तो वही है जिसे चुड़ैल ले गई थी। यह कहां से आ रहा है और यह जिंदा है क्या?

सभी गांव के लोग उस बच्चे के पीछे पीछे उसके घर की तरफ चल दिए। और जैसे ही वह अपने घर पहुँचा उसने अपने माँ बाप को वह बताया जो बहुत ही आश्चर्यजनक था। उसने बोला कि माँ पापा चुड़ैल जैसी कोई चीज नहीं है। घर के बाहर जो बुड्ढा आदमी रहता है न, वह बुड्ढा आदमी मुझे अपने साथ ले गया था और मुझे एक आदमी को बेच रहा था। मैं जैसे तैसे उस आदमी की कैद से छूटकर भागा और भागता भागता यहाँ आ गया। सभी गांव वाले बहुत ही हैरानी से उसे देखने लगे और बोले कि यह झूठ बोल रहा है। सभी को लगा कि चुड़ैल इसे उस काली बिल्ली की वजह से यहाँ छोड़ गए क्योंकि यह उस काली बिल्ली का दोस्त है।

उसके माता-पिता ने उस गांव के बाहर वाले बूढ़े आदमी के खिलाफ पुलिस स्टेशन में रिपोर्ट लिखाई। पुलिस की कार्यवाही के बाद पता चला कि बच्चा बिल्कुल सच कह रहा है। वह आदमी गांव से बच्चे उठाकर उन्हें हर शहर में बेच देता है और वह काली बिल्ली भी उसी के पास कैद मिली,

जिसे वहाँ से पुलिस वालों ने छोड़ दिया और वह काली बिल्ली सीधा बच्चे के पास भाग कर आ गई। यह देखकर सभी गांव वाले आश्चर्यचकित रह गए। सबको अपनी गलती का एहसास हुआ और उस बच्चे से भी कहा कि चुड़ैल जैसी कोई चीज नहीं है, और ना ही काली बिल्ली अपशकुनी होती है।

चतुर जमींदार

एक छोटे से गांव में एक बहुत ही ज्यादा चतुर जमींदार था। वह जिसे भी देखता उससे अपनी जमीन दुगुने या उससे भी ज्यादा दामों में बेच देता था। वह जमींदार बस यही देखता कि कोई भी पैसे वाला व्यक्ति वहाँ आ जाए और उसे जमीन का सौदा कर ले।

उस गांव के बाहर एक छोटू पहलवान रहता था। छोटू पहलवान बहुत ही ताकतवर था। उसके पास दस भैंस थी, जिनका दूध वह अकेले ही पी जाता था। उसके पास एक लोहे का बहुत मोटा डंडा था जो कि २५ किलो का था। पर छोटू पहलवान थोड़ा सा मंदबुद्धि था। एक दिन छोटू पहलवान गांव जाता है और जमीन की खोज करने लगता है।

जमींदार को यह बात पता चलती है तो वह भागा छोटू पहलवान के पास जाता है और उससे पूछता है कि, तुम्हें जमीन चाहिए? छोटू पहलवान बोलता है कि 'हां! मुझे जमीन चाहिए। मैं जहां रहता हूं वह जगह बहुत बड़ी है। और मैं अब गांव में ही रहना चाहता हूं क्योंकि गांव से बाहर रहते रहते अब मैं थक गया हूं।

चतुर जमीदार को एक बहुत ही अच्छी तरकीब सूझी। वह जमींदार उस छोटू पहलवान को श्मशान घाट की एक जमीन बेच देता है और छोटू पहलवान भी उस जमीन को खरीद लेता है।

एक माह बाद छोटू पहलवान उस जमीन पर अपना छोटा सा एक घर बनाता है और सोचता है कि मैं अब इस जमीन पर खुदाई करवाकर यहाँ पर खेती-बाड़ी करूंगा। पर उस जमीन पर एक बहुत बड़ा बरगद का पेड़

था। छोटू पहलवान सोचता है कि पहले मुझे इस पेड़ को तोड़ना या काटना होगा। जैसे ही छोटू पहलवान अपना डंडा उस पेड़ पर मारता है वैसे ही उस पेड़ पर से सारे भूत नीचे गिर जाते हैं,और सारे भूत एक साथ उस छोटू पहलवान पर हमला कर देते हैं। छोटू पहलवान मंदबुद्धि तो था हीं। वह सारे भूतों को पीटता है। किसी भूत का का हाथ टूट जाता है, किसी का पैर टूट जाता है तो किसी का सर फूट जाता है। तब सारे भूत छोटू पहलवान से बोलते हैं कि तुम इस पेड़ को मत काटो,यह पेड़ हमारा घर है।

छोटू पहलवान बोलता है कि अगर मैं इस पेड़ को नहीं काटूँगा तो खेती कहां करूंगा?

सारे भूत बोलते हैं कि 'भाई साहब! यह जमीन तो श्मशान घाट की है तू तो खेती कैसे कर सकते हो?'

छोटू पहलवान बोलता है कि 'यह जमीन तो मुझे राजू जमींदार ने बेची है' भूत उसे जादू जमींदार की सच्चाई बताते हैं कि कैसे वह चतुराई से लोगों को उल्टी-सीधी जमीने बेचता है और उन से दुगुना मुनाफा कमाता है।

छोटू पहलवान को इस बात पर बहुत गुस्सा आता है। वह भागा भागा राजू जमींदार के घर जाता है और उसकी खूब पिटाई करता है। और छोटू पहलवान राजू जमींदार के घर ही रहने लगता है। अब वह उसी के घर खाना खाता और अपनी पहलवानी करता। जो फसल खेती से आती उस में से आधी फसल वह अपने पास रख लेता। चतुर जमींदार को यह चतुराई बहुत महंगी पड़ गई।

चुड़ैलों की पार्टी

एक समय की बात है। दो चुड़ैल थी। उन दोनों चुड़ैलों का बहुत मन करता था इंसानों की पार्टी में जाने का। एक दिन वह दोनों सोचती हैं कि क्यों ना हम अपना वेश बदलकर इंसानों की पार्टी में चले। एक दिन वो दोनों अपना वेश बदल देती है और सुंदर लड़कियों जैसी हो जाती हैं। उसी रातदोनों एक पार्टी में जाती है। वहाँ दोनों को एक लड़का पसंद आयातो दोनों की लड़ाई हो जाती है कि इससे मैं शादी करूंगी तो इस से मैं शादी करूंगी। दोनो यह भूल जाती हैं कि वह दोनों चुड़ैल है,और वह लड़का इंसान है। एक चुड़ैल दूसरी चुड़ैल को कहती है कि 'अगर तुमने इस लड़के को नहीं छोड़ा तो मैं इसे बता दूंगी कि तू चुड़ैल है'

दूसरी चुड़ैल भी यही बात बोलती है। फिर दोनों यह तय करते हैं कि बारी बारी से हम दोनों इसके साथ बात करेंगे और यह लड़का हम दोनों में से जिसको पसंद आएगा, इससे शादी करेगा। दोनों इस बात पर सहमत हो जाती है।

पहली वाली चुड़ैल जाती है और उस लड़के से बहुत देर तक बात करती है। काफी देर बाद जब वापस अपनी दोस्त के पास आती है तो बोलती है कि 'तू ही कर ले इस लड़के से शादी'

दूसरी चुड़ैल सोंचती है कि 'ऐसा क्या हुआ कि अभी जिसके लिए लड़ रही थी उसे इसने ऐसे ही छोड़ दिया'

अबकी बार दूसरी चुड़ैल जाती है और उस लड़के से बात करती है। चुड़ैल को हैरानी होती है कि वह लड़का उससे शादी करने को एकदम

तैयार है। चुड़ैल सोंचती है कि चलो अच्छा है उसने छोड़ दिया,अब मैं इससे शादी कर लूंगी और एक इंसान की तरह खुशहाल जीवन व्यतीत करूंगी।

अगले दिन दूसरी चुड़ैल उस लड़के से शादी कर लेती है। लड़का उसको अपने घर ले जाता है। वहाँ जाकर चुड़ैल बहुत खुश होती है कि चलो अच्छा हुआ मेरी शादी हो गई। अब मैं इसे बता पाऊंगी कि मैं कौन हूं, क्योंकि अब यह मुझे छोड़ नहीं सकता।

लड़का उसको अपने ऊपर वाले कमरे में बिठा आता है। बहुत समय बीतने के बाद जब लड़का वापस नहीं आता तो चुड़ैल उपर से नीचे आती है,वहाँ देखती है कि वह लड़का तो भूत है और अपने बाकी भूत दोस्तों के साथ पार्टी कर रहा है। लड़की जोर से चिल्लाती है …. धोखा!

लड़का बोलता है कि मैं भूत हूं बेवकूफ नहीं। मुझे पता है कि तुम लड़की नहीं हो चुड़ैल हो। चुड़ैल पूछती है, 'तुम्हें यह बात कैसे पता चली?'

लड़का बोलता है कि 'अगर मैं भूत होकर लड़का बन सकता हूं तो तुम चुड़ैल होकर लड़की नहीं बन सकती क्या?'

चुड़ैल बोली, 'तुम्हें यह बात कैसे पता चली?'

लड़का बोला, 'मैंने तुम्हारे पैर देख लिए थे जो कि उल्टे हैं और तुमसे पहले जो लड़की मेरे पास आई थी वह भी चुड़ैल थी। लेकिन उसने मुझे पहचान लिया क्योंकि मेरे नाखून उल्टे हैं। इसलिए वह मुझे छोड़ कर चली गई।' चुड़ैल सोचने लगी कि मेरी ही दोस्त ने मुझे फंसा दिया और गुस्से से वह उस चुड़ैल के पास गई और बोली, 'तूने मेरे साथ ऐसा क्यों किया?' पहली चुड़ैल बोली, 'मैंने तुम्हें बताने की कोशिश की थी पर तू उस लड़के के पीछे इतनी पागल थी कि तूने उसके ना तो हाथ देखे ना पैर देखें।चलो अब कोई बात नही,तुम्हारी शादी तुझे मुबारक हो।'

दूसरी चुड़ैल वापस उस लड़के के पास जाती है और उसके साथ ही रहने लगती है।

शुभी गुप्ता

चुड़ैलों की हवेली

एक गांव मे १८ साल का एक लड़का था। वह कभी भी किसी की भी परवाह नहीं करता था। न ही किसी पर ध्यान देता था। उसकी माँ बहुत बीमार रहती थी। उसके पिता की मृत्यु पहले ही हो गई थी। माँ बचपन में उसे अपना सहारा समझती थी पर यह सहारा तो बहुत ही बेकार निकला। जैसे जैसे वह लड़का बड़ा होता गया, अपनी माँ की आशाओं को निराशा में बदलता चला गया। माँ की तबीयत भी खराब होती तो कभी ध्यान नहीं देता, जबकि लड़के की तबीयत खराब होती तो उसकी माँ उसका पूरा ध्यान रखती। पर कहते हैं ना वह तो माँ है, इसलिए माँ तो उसका हमेशा ध्यान रखती ही थी। जब वह १८ साल का हुआ तब उसे अपने मोहल्ले की एक लड़की पसंद आ गई। लड़की भी उस लड़के को पसंद करने लगी। देखते ही देखते दोनों के बीच प्रेम का एक रिश्ता बन गया।

एक दिन लड़की ने बोला लड़के से कि तुम अपनी माँ को छोड़ दो। लड़के का क्या था, जैसे ही लड़की ने बोला लड़के ने अपनी माँ को छोड़ दिया। मानो जैसे वह इंतजार कर रहा था किसी के कहने का कि अपनी माँ को छोड़ दो।

लड़की उसे अपने साथ गांव से दूर ले गई, जहां एक हवेली थी। लड़के ने आश्चर्य से बोला, 'तुम यहाँ रहती हो?'

लड़की बोली, 'हां मैं यही रहती हूं।'

लड़का बोला, 'यह तो भूतिया हवेली है।' लड़का मन ही मन थोड़ा डर रहा था। लड़की बोली, 'तुम्हें ऐसा किसने कहा?'

लड़का बोला, 'यह बात तो पूरे गांव में मशहूर है कि इस हवेली में दो चुड़ैल रहती है।'

लड़की ने उसे, बड़े प्यार से देखा और बोला, 'चुड़ैल, भूत जैसी चीजों पर विश्वास रखते हो?'

लड़के ने सोचा कि मैं फालतू में ही इतना सोच रहा हूं चुड़ैल कोई होती थोड़ी ना है।

दोनों अंदर गए।वह हवेली पूरी तरह से व्यवस्थित थी। लड़के ने सोचा कि अगर यहाँ कोई चुड़ैल होती तो यह व्यवस्थित कैसे होती? लड़की ने उसे बोला, 'चलो खाना खाते हैं' लड़के को एक बात बड़ी अजीब लगी कि वहाँ पहले से खाना लगा हुआ था। लड़के ने उस बात को भी अनदेखा कर दिया। लड़का जैसे ही खाना खाने के लिए कोई भी चीज उठाता, वह चीज राख में बदल जाती। लड़के को थोड़ा शक हुआ और उसने लड़की से बोला, 'तुम खाना खाओ मैं अभी आता हूं'

लड़की ने पूछा, 'तुम कहां जा रहे हो।' तब लड़के ने बोला, 'मैं बाथरूम जा रहा हूं हाथ धोने।' लड़का वहाँ से उठता है और बाथरूम की ओर चला जाता है।

वही कोई गांव का आदमी उसकी माँ को बताता है कि तुम्हारा लड़का पता नहीं क्यों उस भूतिया हवेली की ओर गया है। और ऐसा लग रहा था जैसे कि वह किसी से बात कर रहा हो उसकी माँ परेशान होती है और घर से हनुमान जी का सिंदूर लेकर उस हवेली की ओर चल देती है।

बाथरूम मेंउसे बड़ा ही डर जैसा लगने लगता है,और वह सोचता है कि उसे अपने घर चले जाना चाहिए।

जब वह बाहर निकल कर आता है तो देखता है कि पूरी हवेली अव्यवस्थित हो चुकी है,तब लड़का तेजी से बाहर के दरवाजे की ओर भ. गने लगता है। तभी सामने से वह लड़की आ रही होती है। पर इस बार कुछ वह अजीब है और उसके पैर उल्टे हैं।

लड़का और तेजी से भागने लगता है, तभी वह सामने देखता है कि एक और औरत खड़ी है जो उस लड़की से बड़ी है। उस औरत की आंखें लाल हैं। इससे पहले कि वह कुछ समझ पाता, वहाँ तूफान आ जाता है। लड़का घबराते हुए बोलता है, 'तुम कौन हो?'

लड़की बोलती है, 'अभी थोड़ी देर पहले ही तो तुमने कहा था कि इस हवेली में दो चुड़ैलों का साया है। भूल गए तुम।'

लड़का बोला, 'मगर...मगर...मगर (हकलाते हुए) तुमने तो बोला था कि चुड़ैल, भूत जैसी चीजें नहीं होती है।

लड़की दूसरी औरत से बोलती है, 'अब हमारा संकल्प पूरा होगा। हमें एक कुंवारा लड़का मिल गया है, जिसकी हम बलि चढ़ा सकते हैं।'

तभी वह दोनों चुड़ैल किसी चीज से डरने लगती हैं। वह लड़का जल्दी से मौके का फायदा उठा कर बाहर का दरवाजा खोलता है और देखता है कि सामने उसकी माँ खड़ी है। वह भागकर अपनी माँ के पीछे छुप जाता है। जैसे कि वह अपने बचपन में छुपता था। लड़के की आंखें नम होती हैं। माँ बोलती है, 'बेटा तू परेशान मत हो मैं आ गई हूं।'

माँ उस दरवाजे की चौखट परसिंदूर की एक लकीर बना देती है, जिससे वह दोनों चुड़ैल बाहर ना आ पाए।

लड़का और उसकी माँ वापस अपने घर लौट जाते हैं, और लड़का वहाँ जाकर अपनी माँ से माफी माँगता है तथा अपनी माँ की देखभाल करने लगता है।

धरती पर परियां उतरी

बहुत समय पहले की बात है परी लोक में बहुत सारी परियां रहती थी। उनमें से एक गुलाबी परी सबसे प्यारी थी। वह रानी परी की भी सबसे ज्यादा प्यारी थी। अगर गुलाबी परी कोई इच्छा रखती तो रानी परी उसकी इच्छा पूरी करने की अवश्य कोशिश करती थी। एक दिन खेलते खेलते गुलाबी परी के मन में आया कि वह धरती पर घूमने के लिए जाए।वहाँ के लोगों के बारे में जैसा उसने सुना है वह वैसे है या नहीं यह पता करें। उसनेअपनी यह इच्छा रानी परी को बताई। पहले तो रानी परी थोड़ा गुस्सा हुई परन्तु कुछ समय बाद उन्होने गुलाबी परी की बात मान ली। लेकिन उसके सामने एकशर्त रख दी, 'अगर वह धरती पर जाएगी तो अपने साथ अपनी बड़ी बहन लाल परी को लेकर जाएगी, और रात के समय नहीं जाएगी। अगर वह सूरज उगने से पहले वापस परीलोक नहीं आई तो उसके पर सूरज की किरण से जल जाएंगे।'

गुलाबी परी पहले तो थोड़ा डरी लेकिन उसने सोचा कि यह तो एक छोटी सी शर्त है मैं इसे मान लेती हूं। कम से कम मुझे धरती पर तो घूमने को तो मिलेगा। यह सोंचकर गुलाबी परी ने जल्दी से बोला, 'ठीक है' वह धरती के नाम से बहुत ज्यादा उत्साहित थी।

गुलाबी परी सोंच रही रही थी, जब वह अपनी दीदी, लाल परी के साथ धरती पर जाएगी तो और भी ज्यादा आनंद आएगा। अब वह दोनों बहनें रात होने का बेसब्री इंतजार करने लगीं।

जैसे ही धरती पर रात हुई दोनों परियां तैयार हो गई। रानी परी

ने अपनी शर्त उसे दुबारा याद दिलाया, 'अगर वह सूरज उगने से पहले वापस नहीं आई तो उनके पर जल जाएंगे और वह कभी भी परीलोक नहीं आ पाएंगे' अब रानी परी ने दोनों परियों को बोला कि वह अपनी आंखें बंद कर लें। और जब दोनों परियों ने थोड़ी देर बाद आंखें खोली तो एक सुंदर से हरे भरे बाग में थी जहां बहुत सारे फूल थे, बच्चों के झूले थे, बहुत सारी हरियाली थी। दोनों बहुत ज्यादा खुश हुई और उन्होंने नृत्य शुरू कर दिया। दोनों परियां नृत्य में बिल्कुल मगन हो गई और यह भूल गई कि उन्हें सूरज उगने से पहले वापस परीलोक जाना है। सूरज उगने ही वाला था तभी लाल परी के कानों में एक आवाज सुनाई दी,जो कि बहुत गुस्से से भरी थी। और वह आवाज रानी परी की थी। 'उन्होंने कहा कि लालपरी तुम्हें क्या बोला गया था, तुम मेरी शर्त भूल गई हो अब तुम जल्दी से गुलाबी परी को लेकर वापस परीलोक पर आओ।

दोनों जब परीलोक पहुँचे तब रानी परी बहुत गुस्से में थी। दोनों रानी परी को देखकर थोड़े सहम से गए। लाल परी बोली, 'रानी परी हमें माफ कर दीजिए। ऐसी गलती दोबारा नहीं होगी।'

गुलाबी परी बोली, 'रानी परी, हम धरती की सुंदरता को देखकर उस में मगन हो गए थे और यह भूल गए कि हमें सूरज उगने से पहले वापस परीलोक आना था।'

रानी परी धीरे से मुस्कुराई और बोली कि मुझे खुशी है कि तुम दोनों ने अपनी गलती मानी और इसका पश्चाताप किया। अगली बार जब तुम दोनों धरती पर जाओगी तो मैं भी तुम्हारे साथ धरती पर चलकर वहाँ की सुंदरता को देखूंगी।

धोखा राक्षस से

एक शहर के पास एक छोटा सा कस्बा था। उस कस्बे में एक राक्षस रहा करता था। उस राक्षस का सबसे पसंदीदा खाना था, इंसान।

उस कस्बे के पास एक छोटा सा गांव भी था। उस गांव के लोगों को उस राक्षस से बहुत डर लगता था, क्योंकि उस राक्षस के लोग हर महीने आकर एक इंसान को वहाँ से ले जाते थे। उन गांव वालों ने खुद ही तय किया हुआ था कि हर महीने एक इंसान जाएगा क्योंकि वह इंसान नहीं भेजेंगे तो वह राक्षस उन सब को एक साथ खा जाएगा। इस बार जिसकी बारी थी वह एक बूढ़ी माँ का इकलौता बेटा था। उस बूढ़ी माँ को यही चिंता खाए जा रही थी कि अगर उसका बेटा उस राक्षस के पास चला गया तो उसके बुढ़ापे का सहारा कौन बनेगा। इसलिए उस बूढ़ी ने अपने बेटे को शहर भेज दिया था काम करने के लिए। गांव वालों की यह जिद थी कि बुढ़िया अपने बेटे को बुलाए और उसको राक्षस के पास भेज दें। परेशान होकर वह अपने बेटे को खत लिखती है और गांव वापस आने के लिए जल्द से जल्द कहती है। बेटा अगले ही दिन गांव आ जाता है और अपनी माँ से पूछता है, 'माँ ऐसा क्या हुआ कि तूने मुझे अचानक से यहाँ बुला लिया।'

माँ उसे बताती है, 'बेटा हमारे गांव के पास वाले कस्बे में एक राक्षस रहता है। तुझे उस राक्षस के पास जाना है।'

बेटा पूछता है, 'माँ मैं उस राक्षस के पास जाकर क्या करूंगा'

माँ उसे नम आंखों से बताती है, 'बेटा वह राक्षस तुझे खाएगा।'

इस बार बेटा उसे बहुत ही आश्चर्य से देखता है और पूछता है, 'माँ तूने मुझे शहर से गांव सिर्फ मुझे उस राक्षस का खाना बनने के लिए बुलाया है?' माँ बोलती है, 'बेटा अगर मैं तुझे नहीं बुलाती तो वह राक्षस पूरे गांव को खा जाता या फिर यह सारे गांव वाले मिलकर मुझे और तुझे दोनों को बंदी बनाकर उस राक्षस के पास भेज देते'।

बेटा बहुत देर सोचता है और बोलता है, 'ठीक है मैं चला जाऊंगा'

अगले दिन पूरे ढोल नगाड़ों के साथ गांव वाले उसे उस राक्षस के पास छोड़ आते हैं। वह राक्षस उस लड़के को देखकर बहुत खुश होता है, इतना मोटा ताजा खाना तो पहली बार गांव से आया है। वो अपने साथियों को बोलता है कि चलो हंडिया चढ़ा दो आज बहुत ही लजीज खाना मिलेगा।

सारे राक्षस हंडिया चढ़ा देते हैं। उसमें पानी भी गर्म होने के लिए रख देते और उस लड़के को सब सब्जियों प्याज टमाटर आलू गोभी, सब मसालों, नमक, हल्दी, धनिया के साथ उस पानी में डाल देते हैं। काफी देर हो जाने के बाद भी जब पानी में उबाल नहीं आता तो राक्षस पूछता है अपने साथियों से, 'तुम लोगों को आजखाना बनाना है या नहीं'।

राक्षस के साथी बोलते हैं, 'सरकार, यहाँ तो अभी तक पानी में उबाल भी नहीं आया तो खाना कैसे बनेगा। पूरे २ दिन बीत जाने के बाद भी जब पानी में उबाल नहीं आता तो राक्षस बहुत क्रोधित हो जाता है और उस लड़के से पूछता है, तुमने क्या किया है?'

लड़का बोलता है, 'मैं क्यों कुछ करूंगा? मुझे तो तुम लोगों ने इस हंडिया में कैद किया हुआ है।'

राक्षस के सारे साथी बोलते हैं कि यह लड़का तो जादुई है। राक्षस बोलता है कि जादू जैसी कोई चीज नहीं होती है। साथी फिर भी नहीं मानते, राक्षस सोचता है कि अगर मैं इस लड़के से पूछूं कि ऐसा कैसे हुआ तो यह शायद बता दे। राक्षस उस लड़के को हंडिया में से निकालता है और एक सौदा करता है।

राक्षस बोलता है, 'अगर तुम मुझे यह बता दो कि पानी में उबाल कैसे नहीं आया तो मैं वादा करता हूं कि तुम्हारी प्रजाति के किसी भी जीव को नहीं खाऊंगा?'

लड़का कुछ सोचता है और बोलता है, 'ठीक है'

लड़का फिर उसे बताता है कि जब भी उसके साथी हंडिया के नीचे आग लगाते ऊपर से मैं थोड़ा-थोड़ा करके नीचे गिरा देता जिससे वो आग बुझ जाती थी। राक्षस इस बात से अपने साथियों पर बहुत क्रोधित होता है। और उस लड़के पर भी। पर राक्षस ने उस लड़के को वचन दिया है इसलिए वह उस लड़के को जाने देता है और फिर कभी भी उन गांव वालों को परेशान नहीं करता।

लड़का अपने गांव वापस पहुँचता है तो सारे गांव वाले उसे बहुत आश्चर्य से देखते हैं और सोचते हैं कि यह कैसे बच गया। फिर वह उन सबको बताता है कि कैसे उसने अपनी ही नहीं सब की जान बचाई है। माँ बहुत खुश होती है और उसके साथ गांव छोड़कर शहर चली जाती है।

भूतिया अस्पताल

एक छोटे शहर में एक अफवाह उड़ी थी कि यहाँ जो एक बंद अस्पताल है वहाँ बहुत सारे भूत है और चुड़ैल भी हैं।

एक आदमी दूसरे देश से उस शहर में आता है। वह आदमी अपने व्यापार के लिए आता है और एक होटल में रहने लगता है। वहाँ का मैनेजर उस आदमी को बताता है कि तुम कभी भी उस शहर के बाहर वाले अस्पताल में मत जाना। वहाँ पर बहुत सारे भूत हैं और चुड़ैल भी। वह आदमी उस मैनेजर को बड़े ही आश्चर्य से देखता हैं और बोलता है, 'क्या मजाक है? कहीं भूत प्रेत भी होते हैं?' आदमी बोलता है कि हां होते हैं! रात में जब वहाँ से कोई निकलता है तो उसे उन भूत प्रेतों की चीखने की आवाजें आती हैं. आदमी पूछता है कि वहाँ इतने सारे भूत प्रेत आए कैसे? मैनेजर बोलता है 'जब यहाँ अस्पताल बन रहा था तब यहाँ पर शॉर्ट सर्किट से आग लग गई थी और आधे से ज्यादा लोग उसी में जलकर वही मर गए' आदमी बोलता है कि अच्छा और वहाँ से चला जाता है।

आदमी मन ही मन सोचता है कि क्यों ना एक बार वहाँ जाकर देखा जाए। यह सब पुरानी बातें हैं कि भूत प्रेत होते हैं। वह आदमी उस अस्पताल के पास जाता है और सोचता है कि यहाँ तो कुछ भी ऐसा नहीं है कि जो भूत जैसा लगता हो। धीरे-धीरे करके वह आदमी उस अस्पताल के अंदर चला जाता है। वहाँ देखता है कि दीवारों पर बहुत सारा जलने का निशान है। साथ ही कई जगह तो खून के धब्बे भी हैं। वह सोचता है कि जो भी हुआ यह बहुत बुरा हुआ। तभी उसे वहाँ एक छोटी बच्ची घूमती हुई दिखाई देती है। वो आदमी उस बच्ची के पीछे पीछे चलने लगता

है और बोलता है बेटा रुको, बेटा..!!

वह बच्ची बिना उस आदमी की आवाज सुने सीधा-सीधा चलती रहती है। और एक जगह अचानक रुक जाती है और जोर जोर से रोने लगती है, चीखने लगती है। आदमी तो समझ नहीं पाता और वह जैसे ही बच्ची के कंधे पर हाथ रखता है बच्ची गायब हो जाती है। और वहाँएक छोटी बच्ची के जले हुए शरीर का निशान दिखता है। वह आदमी घबराता है और बाहर दरवाजे की ओर भागने लगता है, तभी देखता है कि अस्पताल मे लोग इधर से उधर घूम रहे हैं। कोई चीख रहा है, कोई चिल्ला रहा है, कोई बहुत तेजी से भाग रहा है। अस्पताल में अचानक जोर जोर से चीखें गूंजने लगती है। वह आदमी सब चीजों से बहुत डरने लगता है और उसे बाहर का दरवाजा नहीं मिलता। वह सोचता है कि अब उसकी मौत यही होगी कि तभी एक दरवाजा खुलता है और एक बूढ़े बाबा सामने खड़े होते हैं। आदमी को लगता है कि यह भी उन्हीं भूतों में से एक है। लेकिन बूढ़े बाबा उसका हाथ पकड़ कर उसे बाहर ले जाते हैं। आदमी अपने आप को बाहर देख कर चैन की सांस लेता है। और बूढ़े बाबा को जब देखता है तो घबरा जाता है।

बूढ़े बाबा बोलते हैं, 'घबराओ नहीं मैं भी इंसान हूं। मै इसी हॉ. स्पिटल का चौकीदार था। मैं आज भी यहीं रहता हूं क्योंकि मैं उस टाइम इन लोगों की मदद नहीं कर पाया और अगर कहीं मैं जाने की कोशिश भी करता हूं तो यह चीखें मेरे पीछे पीछे वही पहुँच जाती है। इसलिए मैं इस जगह को छोड़कर जा ही नहीं पाता हूं।' वह आदमी उससे पूछता है, 'इन लोगों की आत्माओं को मुक्ति दिलाने के लिए कुछ तो किया जा सकता है।' बूढ़ा आदमी बोलता है, 'इस शहर के बाहर एक पुराना मंदिर है। अगर तुम उस मंदिर के पुजारी को बुलाकर यहाँ पर एक हवन करा दो तो इन भूतों और चुड़ैलों को मुक्ति मिल जाएगी।'

वह आदमी तभी उस मंदिर में जाता है और वहाँ से पुजारी को लेकर आता है। जल्द से जल्द वहाँ हवन करवाता है। जब वह हवन करा

चुका होता है। तब उस बूढ़े बाबा को ढूंढता है पर उसे कोई नहीं मिलता। पुजारी पूछता है 'तुम किसे ढूंढ रहे हो?' आदमी बोलता है,यहाँ पर एक बूढ़े बाबा थे। 'पुजारी बोलता है, 'बेटा यहाँ कोई बूढ़े बाबा नहीं है।' आदमी बोलता है, 'नहीं पुजारी जी, कल मैं उनसे मिला था।' पुजारी कुछ मिनट के लिए सोचता है फिर बोलता है, 'यहाँ पर एक बूढ़े बाबा जो कि यहाँ के चौकीदार थे, वह रहा करते थे। पर ६ महीने पहले उन्होंने आत्महत्या कर ली।' पूरा शहर उन्हें पागल कहता था। क्योंकि वह कहते थे कि यहाँ पर उन्हें बहुत सारे लोग घूमते हुए दिखाई देते थे। आदमी सोचता है और बोलता है कि ठीक है पुजारी जी। फिर आदमी सोचता है कि कल जो उसे बूढ़े बाबा मिले थे क्या वह भी आत्मा थे हो सकता है। पर जो भी होअब सबको यहाँ से मुक्ति मिल गई। और वह आदमी शांति से मार से अपने होटल की ओर चला जाता है।'

मुक्ति चुड़ैल की

तान्या हमेशा शैतानियां करती रहती थी। खेलकूद की शौकीन तान्या कभी इधर भागती कभी उधर भागती। बस उसे कोई पढ़ने को ना कहे। अगर किसी ने पढ़ने को कह दिया तो मानो उसकी जान ही मांग ली हो। उसे पढ़ना बिल्कुल भी अच्छा नहीं लगता था। तान्या चाहती थी कि वह हमेशा खेलती कूदती रहे। मगर उसकी माँ उसे रोज शाम को पढ़ने के लिए बिठा देती थी। एक दिन तान्या अपना सबसे पसंदीदा खेल खेल रही थी। जैसे ही उसकी माँ ने उसे पढ़ने को कहा, वह बहुत ज्यादा गुस्सा हो गई। उसने सोचा कि अगर वह घर की सारी किताबें जला दे तो उसकी प्रॉब्लम हमेशा के लिए खत्म हो जाएगी।

अगले दिन जब उसकी माँ घर पर नहीं थी, तब तान्या ने सारी किताबों में आग लगा दी। उस आग में एक लाल किताब भी थी। जैसे ही वह किताब जली, बिजली जोर-जोर से गड़गड़ाने लगी, तेज हवाएं चलने लगी और अचानक से एक लपट बाहर निकली, जो धीरे धीरे एक औरत का रूप लेने लगी। तान्या उसे देखकर बहुत ज्यादा डर गई। तभी अचानक वहाँ पर उसकी माँ आ गई और तान्या को एक थप्पड़ लगा दिया। माँ तुरंत उसे पूजा वाले कमरे में ले गई। माँ ने तान्या ने को बताया कि जब वह लोग इस घर में आए थे तब कुछ लोग कहते थे कि एक चुड़ैल का साया है, तो उन लोगों ने एक बड़े पुजारी को बुलाकर इस घर की पूजा कराई, और उस पुजारी ने अपने कर्मों से उस चुड़ैल के साए को इस किताब के अंदर कैद कर दिया, और बोला कि कभी भी इस किताब को कोई हाथ ना लगाएं। और अगर गलती से किसी ने इसे आग में डाल दिया तो यह

चुड़ैल वापस आजाद हो जाएगी। लड़की यह बात सुनकर डर गई और बोली माँ अब क्या करें?

तब माँ ने बोला पुजारी जी ने उन्हें एक पवित्र जल दिया था कि अगर यह चुड़ैल कभी गलती से बाहर आ जाए तो इस जल को छिड़ककर उस चुड़ैल को फिर से कैद किया जा सकता है। पर अब मुश्किल यह थी कि यह जल छिड़का कैसे जाए? क्योंकि वह चुड़ैल काफी गुस्से में थी क्योंकि उसे इतने लंबे समय तक के लिए इस किताब में बंद कर दिया था।

तभी अचानक वहाँ रोते बिलखते दो छोटे-छोटे बच्चे आ गए और वह चुड़ैल उन बच्चों के पास शांति से खड़ी हो गई। माँ धीरे से कमरे से बाहर आई और उस चुड़ैल से बात करने की कोशिश करने लगी। जैसे ही उस चुड़ैल ने माँ को देखा। वह चुड़ैल माँ पर हमला करने के लिए भागी, माँ के हाथ में वह पवित्र जल को देखकर चुड़ैल डर कर और वहीं रुक गई। और बोली, 'मेरे उपर यह जल मत डालो, मेरे बच्चे फिर अकेले हो जाएंगे' माँ ने उस चुड़ैल को बड़े ध्यान से देखा और पूछा कि तुम्हारे साथ हुआ क्या था? चुड़ैल बोली, 'मेरे पति ने मुझे वही जिंदा जला दिया था और मेरे बच्चे भूखे बिलखते रह गए थे, ऐसे ही उन्होंने भी दम तोड़ दिया। बस अंतर इतना रहा कि मैं तो चुड़ैल बन गई और मेरे बच्चे भूत बन गए। तब से हम यहीं रहते थे। पर दस साल पहले तुम आए और तुम ने मुझे इस किताब में कैद कर दिया। आज मैं वापस आजाद हुई हूं। मैं अपने बच्चों को वापस नहीं छोड़ना चाहती हूं।'

माँ सोचने लगी की अगर यह चुड़ैल ऐसे ही रही तो और लोगों को भी नुकसान पहुँचाएगी। तभी चुड़ैल ने कहा, 'तुम हम पर जल मत डालो, हमें मुक्ति दिला दो..' माँ ने पूछा कि मैं तुम्हें मुक्ति कैसे दिला सकती हूं? चुड़ैल बोली, 'तुम इस घर के पीछे बाले नीम के पेड़ के नीचे एक हवन कराओ। मुझे तथा मेरे बच्चों की आत्मा की मुक्ति के लिए प्रार्थना करो' माँ ने पूछा कि उस पेड़ के नीचे क्यों? चुड़ैल बोली, 'मेरे पति ने मुझे नहीं जलाया था और अगर कोई उस पेड़ के नीचे हवन करता है और मेरी और

मेरे बच्चों की मुक्ति की प्रार्थना करता है तो हमें मुक्ति मिल सकती है।'

अगले दिन उस छोटी बच्ची की माँ ने वहाँ पर एक छोटा सा हवन कराया। उन लोगों ने उस चुड़ैल और उसके बच्चों की मुक्ति के लिए प्रार्थना की। इसके बाद उस चुड़ैल और उसके बच्चों को मुक्ति मिल गई और वह हमेशा के लिए वहाँ से चले गए। अब उस छोटी बच्ची को भी यह बात समझ आई कि हमें ऐसे सारी किताबें नहीं जलानी चाहिए।हमें पढ़ना भी चाहिए, जिससे हम अच्छे और समझदार इंसान बन सकें।

रोटी का निरादर

एक समय की बात है, एक राजू नाम का छोटा बच्चा था। उसे खाना बिल्कुल अच्छा नहीं लगता था। जब भी उसकी माँ उसे खाना देती वह खाने को घर के बाहर पेड़ के पास रखा था। उसकी माँ ने उसे कई बार यह समझाया कि खाना फेंकने से चुड़ैल आ जाती है। राजू को लगा कि माँ यूं ही बोल रही है। एक रात जब सब सो रहे थे, घर के बाहर से एक आवाज आई 'माई! रोटी दे दे' राजू की नींद से खुल गई। उसने सोचा कि इतनी रात में कौन औरत रोटी मांग रही है। उसने घर की खिड़की से झांक कर देखा कि एक औरत सफेद साड़ी में खड़ी है। और जो रोटी उसने पेड़ के पास रखी थी, वह रोटी वहाँ से गायब है। उसने सोचा कि चलो अच्छा हुआ अब सुबह को माँ से डांट नहीं खानी होगी। सुबह हुई और सब जगह एक अफवाह फैली हुई थी, राजू ने सोचा कि सब लोग यूं ही बात कर रहे हैं। चुड़ैल जैसी कोई चीज नहीं होती। वह वापस अपने घर के अंदर चली गयी।अंदर जाने पर उसकी माँ ने उसे खाने को बोला। उसने देखा की माँ ने उसे फिर से सब्जी रोटी दी है। उसने वो रोटी थोड़ी खा कर फिर पेड़ के पास रख दी और वह अपने स्कूल चला गया। जब वह अपने स्कूल से आया तो उसने देखा कि रोटी फिर से गायब है उसने सोचा कि यह तो बहुत अच्छी बात है मैं फिर माँ से डांट खाने से बच जाऊंगा। रात में उसकी माँ ने उसे दाल चावल दिए उसने दाल चावल के साथ भी वही किया थोड़ा खाया और बाकी पेड़ के पास रख आया। वापस अपने घर आकर सो गया। फिर आपको उसे एक आवाज सुनाई दी। 'माई! रोटी दे दे।' राजू की आँख दोबारा खुल गई। उसने फिर उस औरत को

देखा और देखा कि पेड़ के पास से दाल चावल भी गायब है। वो खुश हुआ कि चलो फिर से माँ की डांट खाने से बच गया। 'अबकी बार जब राजू वापस अपने बिस्तर की ओर जा रहा था सोने उसने देखा कि औरत के पैर कुछ अजीब हैं। वह चौंक के बोला 'अरे! इसके पैर तो उल्टे हैं। और जोर से चिल्लाया बचाओ। उसकी माँ तुरंत नींद से उठ कर उसके पास भागी और पूछा राजू क्या हुआ? राजू बोला माँ घर के बाहर चुड़ैल है, माँ ने घर के बाहर देखा तो कोई नहीं था और राजू को बोली कि ज्यादा टीवी मत देखा करो। यह तुम्हारे दिमाग का वहम है। राजू बोला, 'पर माँ मैं सच बोल रहा हूं।' माँ बोली कि चलो देखते हैं अभी तुम जाकर सो जाओ तुम्हें सुबह स्कूल भी जाना है।

उस रात राजू को नींद नहीं आई और राजू सोचता रहा कि क्या जिस औरत को मैंने देखा वह चुड़ैल थी? और वो सोचते सोचते ही सो गया। जब सुबह हुई तब वहाँ भी शोर मच रहा था कि रात को यहाँ चुड़ैल आई थी। राजू इस बार लोगों के पास गया और बोला क्या किसी ने चुड़ैल को देखा है? एक औरत बोली कि मैंने सुना है- कि जो चुड़ैल है ना, वह सफेद साड़ी में आती है और उसके पैर उलटे हैं। राजू इस बात से डर गया। उसने यह बात डरते डरते अपनी माँ को बताई।

माँ ने उसे आश्चर्य से देखा और बोली, 'राजू तुम जो रोज यह रोटी बाहर पेड़ के पास रखते हो ना इस वजह से वह चुड़ैल यहाँ आने लगी' राजू ने पूछा कैसे? माँ ने बताया, 'एक समय की बात है। एक औरत हुआ करती थी। वह सबसे रोटी माँगती पर उसे कोई भी रोटी नहीं देता था। जिससे वह औरत और उसका बच्चा भूखा मर गया। अब यह सुनने में आता है कि जब भी कोई रोटी का या खाने का निरादर करता है तो वह चुड़ैल वहाँ आ जाती है,और जैसे तुम रोटी का निरादर कर रहे हो इससे वह चुड़ैल यहाँ आने लगी है।'

राजू इस बात से डर गया और उसने अपनी रोटी खानी और खत्म करनी शुरू कर दी। अगले दिन उसने रात का इंतजार किया। उसने देखा

कि वह चुड़ैल आई तो है मगर ज्यादा देर रुकी नहीं और वह चुड़ैल वहाँ से जाने लगी और जाते-जाते बोली कि अगर किसी व्यक्ति ने कभी भी रोटी या खाने का अपमान किया तो मैं वापस आऊंगी और यही रहने लगुंगी। एक समय के बाद में उस व्यक्ति को अपने साथ ले जाऊंगी जो खाने का अपमान करता है।

लालची बुढ़िया

एक लालची बुढ़िया थी वह बुढ़िया इतनी लालची थी कि उसने अपने बेटे बहू तक को अपने घर से निकाल दिया क्योंकि उसे लगता था कि उसके बेटे बहू उसकी धन दौलत में से फालतू का खर्चा कर रहे हैं। उस बुढ़िया के पास पर बहुत सारा धन और सोना था। परन्तु वह बुढ़िया किसी को भी देना नहीं चाहती थी चाहे वहउसका पोता ही क्यों ना हो। अगर उसका पोता कुछ माँगता तो उसे ऐसा लगता

जैसे कि उस पोते ने उसकी जान ही मांग ली उसे कोई भी अच्छा नहीं लगता था, अपने धन दौलत के अलावा।जब उसने अपने बेटे बहू को घर से निकाल दिया वह बहुत ही खुश रहने लगी थी। उसे ऐसा लगता था कि इससे ज्यादा संतोष कहीं नहीं मिल सकता। उसके घर के पास एक जगह खुदाई चल रही थी। जिसमें से एक सोने से भरा हुआ मटका निकला। उस बुढ़िया ने सोचा कि अगर यह मटका उसे मिल जाए तो कितना अच्छा होगा। चुपचाप वह मटका वहाँ से उठा कर ले आई। किसी को पता भी नहीं चला। पर जब से वह मटका अपने घर लेकर आई तब से मानो उसका संतोष कहीं गायब हो गया। वह हमेशा परेशान सी रहने लगी। एक दिन उसे सपना आया उस सपने में उसने देखा कि वह मटका वापस उसी जगह चला गया है, और बुढ़िया उस मटके के पीछे पीछे भागी भागी जा रही है। तभी वहाँ काले कपड़ों में एक औरत आ गई, और उस औरत ने बुढ़िया की गर्दन पकड़ ली। वह बुढ़िया घबराकर नींद से उठ गई। उसने देखा की आस पास कोई नहीं है।

उसने चैन की सांस ली। उस रात को वह सो भी नहीं पाई। पूरी

रात उसने करवट बदलने में ही निकाल दी।

जब सुबह हुई, वह बुढ़िया उस जगह पर गई जहां से उसे वह मटका मिला था। वहाँ उसने देखा कि वहाँ सब कुछ सही है। बुढ़िया अपने घर वापस आ गई। फिरभी उसका मन कुछ परेशान था। वह पूरे दिन उस सपने के बारे मे सोचती रही।

दिन में एक बार उसने अपने बेटे को फोन किया। बेटा बोला, 'माँ क्या हुआ! तू कुछ परेशान लग रही है? 'बुढ़िया बोली,' मैं सही हूं, यह बताओ कि तुम लोग कैसे हो?

बेटा बोला, 'हम सब यहाँ सही हैं। अगर तुम कहो तो वापस आ जाए जाएं।' बुढ़िया इस बात से भड़क गई। उसे लगा कि जैसे उसका बेटा उससे उसकी धन दौलत छीनना चाहता हो। बुढ़िया गुस्से से बोली, 'नहीं बिल्कुल नहीं तुम लोग वहीं रहो। तुम लोग बस मेरी धन दौलत चाहते हो' और यह बोलकर बुढ़िया ने फोन काट दिया बिना बेटेकी बात सुने।

बुढ़िया फिर अपनी धन दौलत के बारे में सोच कर खुश होने लगी।उसी रात उस बुढ़िया को फिर एक सपना आया। सपने में उसने फिर उस काले कपड़ों वाली औरत को देखा। इस बार वह औरत उस बुढ़िया से बात कर रही थी। वह औरतबोली, 'बुढ़िया तुझे इतनी मोहब्बत धन दौलत से क्यों है?'

बुढ़िया बोली, 'यह मेरे जान प्राण है तुझे क्या?' औरत बोली, 'जो सोने से भरा मटका तूने उठाया है वह मेरा है। तूने उसे भी अपने पास रख लिया।'

बुढ़िया घबराकर बोली, 'नहीं, वह मटका मेरा है। तुझे कैसे पता उस मटके के बारे में। मैंने तो किसी को बताया नहीं है, और ना ही किसी ने मुझे उस मटके को उठाते हुए देखा था।'

वह औरत बोली, 'जो मटका तूने लिया है उस मटके पर श्राप है। जो भी आदमी उस मटके को अपने पास रखेगा या फिर उस मटके के बारे

में सोचेगा मैं उसके घर आ जाऊंगी। क्योंकि मुझे भी तेरी तरह अपनी दौलत से बहुत प्यार था और उस दौलत की वजह से मैंने भी अपने बच्चों को अपने से दूर कर दिया। मैं एक दिन अचानक मर गई, पर मेरा मोह दौलत से छूट ना पाया इसलिए जब भी कोई इस मटके को छूता है या इसे लेने की कोशिश करता है, मैं उसके पास आ जाती हूं। यह बताने कि यह मटका मेरा है।'

उस औरत ने बुढ़िया को समझाया कि परिवार से ज्यादा कुछ नहीं होता। यह धन दौलत तब हाथ पैरों का मैल है। अगर परिवार है तो सब कुछ है। अगर परिवार नहीं है तो कुछ नहीं है।

बुढ़िया को यह बात समझ आ गई, और अगले दिन उसने वह मटका वापस उसी

जगह रख दिया। फिर अपने बच्चों को वापस अपने पास ले आई।

लालची लकड़हारा

एक छोटे से गांव में एक लकड़हारा था जो कि बहुत ज्यादा लालची था। वह कोई भी पेड़ काट देता था। बस उसे अपने प्रॉफिट से मतलब था चाहे वह किसी फल का हो किसी फूल का हो या केवल छाया देने वाला हो। वह एक के बाद एक पेड़ काटता ही चला जाता था। शाम तक कम से कम दस से पंद्रह पेड़ काट देता था। उसे काफी लोगों ने समझाया कि वह बिना सोचे समझे ऐसे पेड़ न काटे। पर उसके समझ में यह बात आने वाली कहां थी।

एक दिन उसकी बीवी बोली, 'तुम ऐसे सारे पेड़ मत काटा करो। अगर तुम ऐसे पेड़ काटोगे तो एक दिन धरती पर सारे पेड़ खत्म हो जाएँगे। 'पर उस लकड़हारे ने अपनी बीवी की ही फटकार लगा दी और बोला– 'अगर मैं पेड़ ना काटूंगा तो तुझे रोटी कहां से मिलेगी? यह बच्चे कहां से खाएंगे?' यह बात सुनकर बीवी बिचारी चुप हो गई।

अगले दिन जब वह फिर से पेड़ काटने निकला तो वह पेड़ काटते काटते एक घने जंगल में चला गया। जंगल में एक पेड़ बहुत ही अजीब सा और बहुत ही बड़ा था। लकड़हारे ने सोचा कि अगर वह इस पेड़ को काट देगा तो उसे इस पेड़ की लकड़ी की अच्छी कीमत मिलेगी। जैसे ही वह उस पेड़ पर चढ़ा, उस पेड़ मैं से एक चीख निकली। मानव जैसे कोई दर्द से चीख रहा हो। लकड़हारे ने एक बार तो उस चीख पर ध्यान दिया पर उसके बाद उसने उस चीख को इग्नोर मारते हुए पेड़ काटना शुरू कर दिया।

जब वो पेड़ पूरा कट गया, तभी वहाँ एक औरत आई। वह औरत काफी गुस्से में थी। उस औरत ने गुस्से से कहा तुमने यह पेड़ क्यों काटा? लकड़हारा बड़ी ही बदतमीजी से बोला, 'यह मेरा काम है। तुझे क्या ..अगर मैं पेड़ नहीं काटूंगा तो मैं बीवी बच्चों को रोटी कहां से लाकर दूंगा?'

वह औरत इस बात को सुनकर और ज्यादा गुस्से में आ गई। उसने लकड़हारे पर वार करने की कोशिश की, जैसे ही उस औरत ने एक लकड़ी के टुकड़े को उस लकड़हारे की तरफ फेंका, वह लकड़हारा उस लकड़ी के टुकड़े से बचने की कोशिश करने लगा और अंत में बच भी गया।

उसने बोला, 'तुम बिना हाथ लगाए इस लकड़ी को मेरी तरफ कैसे फेंक सकती हो? क्या तुम कोई जादूगर नहीं हो?'वह औरत बोली, 'नहीं मैं एक चुड़ैल हूं। और यह पेड़ मेरा घर था, जिसे तूने काट दिया। अब मैं तुझे नहीं छोड़ूंगी।'

लकड़हारे को यह बात बहुत ही मजाक जैसी लगी। उसने बोला की चुड़ैल जैसी कोई चीज नहीं होती है।

उस औरत ने फिर दोबारा उस पर प्रहार करने की कोशिश की। अबकी बार उसने दूसरे पेड़ की शाखाओं को लंबा कर उसकी तरफ फेंका। अबकी लकड़हारा उसमें फंस गया।

लकड़हारा घबराकर बोला, 'मुझे छोड़ दो। वह चुड़ैल बोली कि मैं तुझे ऐसे कैसे छोड़ दूं? तूने मेरा घर काट दिया।'

लकड़हारा बोला, 'अब नहीं काटूंगा कोई ऐसा पेड़।' चुड़ैल बोली, 'नहीं अब मैं कहां जाऊं तू ही बता? 'लकड़हारा बोला, 'मुझे बताओ मैं तुम्हारी कैसे मदद कर सकता हूं? बस मुझे छोड़ दे। मेरे दो छोटे-छोटे बच्चे हैं।' औरत बोली, 'तू एक प्रण ले, कि तू ऐसे कोई भी फालतू में पेड़ नही काटेगा। उतना ही काटेगा जितना तुझे जरूरत हो, ना कि सारे पेड़।

लकड़हारे ने पहले तो सोचा कि मैं प्रण ले लेता हूं लेकिन मानूंगा नहीं। लकड़हारा यह भूल गया था कि वह चुड़ैल है, और चुड़ैल ने उसकी

मन की बात सुन ली। चुड़ैल तुरंत बोली कि जो तू यह बात सोच रहा है ना यह बात मुझे पता है। अगर तूने ऐसा करने की कोशिश की तो उस दिन मैं तुझे अपने साथ इस पेड़ पर बांध लूंगी। लकड़हारा इस बात से डर गया और उसने सच्चे मन से यह प्रण लिया कि वह कभी भी ऐसे कोई भी फालतू में और बिना सोचे समझे पेड़ नहीं कटेगा। इसके बाद उस चुड़ैल ने उसे अपनी कैद से रिहा कर दिया।

शैतान बच्चा

एक नमन नाम का बहुत शैतान बच्चा था। वह बहुत ज्यादा शैतानी करता था। बड़ों से बदतमीजी से बात करता था और अपने से छोटों के साथ मारपीट करता था। उसे कोई कुछ कहता तो वह उसको मुंह चिढ़ा कर भाग जाता था। एक दिन नमन ऐसे ही जंगल की ओर चल दिया। उसने देखा कि वहाँ एक पेड़ है जो कि बहुत बड़ा है और उस पेड़ के पीछे एक छोटा सा घर है। वह उस पेड़ की शाखाओं पर झूला झूलने लगा। वहाँ एक बूढ़ी औरत रहती थी। उस बूढ़ी औरत ने नमन को बोला कि इस पेड़ के ऊपर एक चुड़ैल रहती है। तुम इस पेड़ को ज्यादा मत हिलाओ और ना ही इस पर झूला झूलो। नमन ने इस बात पर बिल्कुल भी ध्यान नहीं दिया। वह उस पेड़ पर लगातार झूला झूलता रहा। झूला झूलते झूलते उस पेड़ की एक शाखा टूट गई। उस बूढ़ी औरत को डर लगा और उसने बोला कि तुम यहाँ से भाग जाओ वरना वह चुड़ैल तुम पर गुस्सा हो जाएगी। नमन को लगा कि बूढ़ी औरत ऐसे ही झूठ बोल रही है। नमन उस बूढ़ी औरत को मुंह चिढ़ा कर भाग गया।

रात में जब नमन सो रहा था उसके सपने में वहीं पेड़ आया। मगर वह पेड़ अब बहुत ज्यादा बड़ा और डरावना लग रहा था। नमन घबराकर उठ गया। उसने सोचा कि यह तो बस एक सपना है। वह दुबारा जैसे ही सोने की कोशिश करने लगा तब भी उसे वह पेड़ दिखाई दिया और भी ज्यादा खतरनाक रूप में। नमन थोड़ा थोड़ा डर रहा था पर इस चीज को मानना ही नहीं चाह रहा था कि वह डर रहा है। और ऐसे करते-करते पूरी रात बीत गई।

नमन अगले दिन फिर उस जंगल की ओर गया। उसने देखा कि आज वह पेड़ कुछ अलग है। वहाँ जो एक बुढ़ी औरत थी वह भी वहाँ नहीं है। नमन ने उस बूढ़ी औरत को ढूंढना शुरू किया मगर काफी ढूंढने के बाद नमन को वह नहीं मिली।शाम हो गई नमन जब घर जाने के लिए पेड़ के पास से गुजर रहा था, तब उसे ऐसा लगा कि मानो जैसे उस पेड़ की शाखाएं, उसे चिढ़ा रही है। नमन ने ध्यान से देखा और बोला, 'क्या तुम मुझे चिढ़ा रहे हो? 'पेड़ की शाखाएं अचानक से अपनी आकृतियां बदलने लगी और शाखाओं ने इशारे से बोला, 'हां! जैसे तुम और लोगों को चिढ़ाते हो। नमन बोला, 'तुम को एक पेड़ हो, तो मुझे कैसे चिढ़ा सकते हो?'

पेड़ अचानक से बड़ा होने लगा और डरावना भी, तभी पेड़ में से किसी औरत की आवाज आई और बोली, 'तुम कल जिस बूढ़ी औरत हो चिढ़ा कर भागे थे वह बूढ़ी औरत मैं हूं,मैं इस पेड़ पर रहती हूं और यह जो पीछे छोटा सा घर है यह कभी मेरा घर हुआ करता था। तब कुछ लोगों ने मेरे पति की मृत्यु के बाद मुझे यहाँ छोड़ दिया। और जब मैं यहाँ रहने लगी तब यहाँ के लोग मुझे चिढ़ाने लगे। जिससे परेशान होकर मैंने इस पेड़ पर लटक कर आत्महत्या कर ली। तब से मैं चुड़ैल बनकर इस पेड़ पर रहने लगी... और कल तुमने मेरे मना करने के बाद भी इस पेड़ की शाखाओं पर झूला झूला और इस पेड़ की एक शाखा को तोड़ दिया। मुझे चिढ़ा कर भी भाग गए। आज तुम वापस क्यों आए हो? अब आए हो तो मैं तुम्हें वापस नहीं जाने दूंगी। तुम्हें भी मेरे साथ इस पेड़ पर अपना पूरा जीवन बिताना होगा।'

नमन इस बात से डर गया और बोला, 'मुझे माफ कर दो! 'बूढ़ी औरत बोली – मैं तुम्हें माफ कैसे कर दूं, तुम तो सभी के साथ बदतमीजी करते हो और शैतानी भी बहुत करते हो। नमन बोला – अब नहीं करूंगा मुझे एक मौका दे दो। बूढ़ी औरत बोली, 'ठीक है मैं तुम्हें एक मौका दे दूंगी। अगर तुमने किसी के साथ भी कोई शैतानी या बदतमीजी की तो मैं तुम्हारे सपने में आकर तुम्हें यहाँ ले आऊंगी। नमन बोला, 'ठीक है 'फिर

वह पेड़ वापस अपनी उसी स्थिति में पहुँच गया जैसा था। वह बूढ़ी औरत भी वहाँ फिर से वापस आ गई। नमन इन सब चीजों से यह बात सीखा कि हमें बदतमीजी नहीं करनी चाहिए और ना ही ज्यादा शैतानी करनी चाहिए। अपने से बड़ों का हमेशा आदर करना चाहिए।

सच्चा किसान

एक किसान था। उस किसान के पास बीघा जमीन थी। वहाँ पर जितने किसान थे, सब की फसल बहुत अच्छी होती थी। पर उस किसान की फसल कभी भी अच्छी नहीं होती थी। वह किसान इस बात से बहुत परेशान रहता है। दिन इस परेशानी का सामना करते करते रात हो जाती है और वह किसान वही सो जाता है। जब सुबह उठता है तो देखता है कि उसके खेत में एक बूढ़ी गाय घूम रही है। पहले किसान सोचता है कि मैं इस गाय को यहाँ से भगा देता हूँ। यह गाय मेरी बची-खुची फसल को भी अपने पैरों से रौंद देगी। जैसे ही किसान उसे भगाने जाता है,उसके दिमाग में आता है कि मेरी फसल तो वैसे ही नहीं बिकने वाली है क्यों ना यह बिचारी बूढ़ी गाय इस फसल को खा ले। और वह उस गाय को वहीं रहने देता है। एक महीने बाद उस गाय के लिए एक छोटा सा घर भी डाल देता है।

कुछ समय और बीतने के बाद एक दिन अचानक वह गाय गायब हो जाती है। किसान घबराया हुआ घर की ओर जाता है, और देखता है कि वहाँ एक सुंदर सी परी खड़ी है। किसान पूछता है, 'बहन तुम कौन हो? 'वह परी बोलती है, 'मैं एक फरिश्ता हूं! 'किसान उसे हक्का-बक्का होकर देखता है और बोलता है, 'फरिश्ता? क्या कोई फरिश्ता होता है।'

वह परी बोलती है, 'अच्छे लोगों के लिए यहाँ फरिश्ता होता है। तुमने पूरे एक महीने से ज्यादा मेरी सेवा की है, मुझे खाना दिया और मेरे लिए घर भी बनाया, वह भी बिल्कुल निस्वार्थ होकर। इसलिए मै खुश होकर

तुम्हें तीन वरदान देती हूं। मांगो जो मांगना है।'

किसान बोलता है कि तुम मुझे कल तक का समय दो मैं अपनी बीवी और बच्चों से इस बारे में बात कर कर तुम्हें बताता हूं।

अगले दिन जब किसान अपने खेत में पहुँचता है तो परी बोलती है कि मांगो। किसान बोलता है, 'पहला वरदान मुझे यह चाहिए कि मेरे खेत में हमेशा अच्छी फसल हो। दूसरा मैं अपनी फसल से इतना धन कमा पाऊं कि मैं और लोगों की सहायता कर पाऊं। और तीसरा मेरे बच्चे हमेशा मेरी ही तरह अच्छे बने जो और लोगों की निस्वार्थ सेवा कर सके।

यह सुनकर परी खुश होती है। किसान ने जो भी मांगा वह अपने और दूसरों की अच्छाई के लिए मांगा और परी उसे यह तीनों वरदान दे देती।

सुंदर परी

एक समय की बात है। एक सुंदरपुर नाम का गांव था। उस गांव के जमींदार का बेटा राजू बहुत ही सुंदर और सबकी मदद करने वाला इंसान था। उसकी शादी रामपुर नाम के गांव के जमींदार की बेटी से हुई। जमींदार की बेटी का नाम रानी था। रानी दिखने में तो बहुत सुंदर थी पर वह साथ ही बहुत ज्यादा गुस्सैल भी थी।

जिस दिन उन दोनों की शादी हुई, वो दोनों बहुत ही खुश थे। दोनों गांवों में मानो एक उत्सव मनाया जा रहा था। पर रानी को यह बात बिल्कुल अच्छी नहीं लगी। सभी लोग उनकी शादी में आए हैं और खुश भी बहुत है लेकिन रानी के मन को कोई जान ही नहीं रहा है। रानी अंतर्मन से बहुत ज्यादा दुखी थी, क्योंकि वह अभी शादी नहीं करना चाहती थी। वह अभी अपने गांव में रहकर अपने गांव के विकास में अपना योगदान देना चाहती थी। पर उसके पिताजी ने उसकी शादी राजू के साथ तय कर दी थी। रानी को कभी-कभी बहुत तेज गुस्सा आता पर वह अपने गुस्से को शांत कर लेती। क्योंकि अगर वह गुस्सा करेगी तो उसके पिताजी की इज्जत पर चोट पहुँचेगी कि यह कैसी पुत्री है जो अपने पिताजी की आज्ञा नहीं मान रही है। देखते देखते शादी की सारी रस्में खत्म हो जाती है। और रानी वहाँ से विदा होकर राजू के साथ सुंदरपुर के लिए रवाना हो जाती हैं। राजू अपने घोड़े पर बैठा है और रानी अपनी पालकी के अंदर बैठी यह सोच रही है कि अब वह क्या करें?

दोनों अपने घर पहुँचते हैं जहां रानी का खूब जोर शोर से स्वागत होता है। अब राजू और रानी को अकेले में थोड़ा समय मिलता है तो रानी

बहुत गुस्सा हो जाती है राजू पर। राजू को समझ ही नहीं आता कि उसने किया क्या है? राजू उसे समझाने की कोशिश करता है पर रानी तो जैसे किसी की बात सुनने को तैयार नहीं है। छः साल इसी नोकझोंक में बीत जाते हैं।

छः साल बाद भी जब रानी माँ नहीं बन पाती तो सारे गांव वाले रानी पर ही उंगली उठाते हैं कि रानी में ही दोष है। एक दिन राजू को शहर के लिए रवाना होना होता है। राजू रानी से पूछता है, 'रानी तुम्हारे लिए मैं शहर से क्या लेकर आऊं? 'रानी बोलती है कि शहर से एक बिल्ली चाहिए।

राजू जब शहर से लौटता है रानी के लिए एक सफेद-काले रंग की बिल्ली लेकर आता है। जिसकी आंखें लाल होती है। रानी उसका नाम लालो रखती है।

रानी उस बिल्ली का अपने बच्चे की तरह की ध्यान रखती है। कुछ समय बीतने के बाद भी जब रानी माँ नहीं बन पाती तो वह बहुत दुखी होती है। बिल्ली उसे देखती है और अचानक से एक सुंदर परी में बदल जाती है। रानी उसे देख कर चौंक जाती है और बोलती है, तुम कौन हो? 'वह परी बोलती है कि मैं लालो हूं। रानी आश्चर्य से बोलती है, 'लालो तो बिल्ली थी यह परी जैसे बन गई? 'परी बोलती है कि मुझे एक श्राप मिला था जिस वजह से मैं बिल्ली बन गई थी। और इसका उपाय था कि अगर कोई औरत मुझे अपने बच्चे की तरह पालेगी तो मैं उस शाप से मुक्त हो जाऊंगी। रानी उसे देख कर मुस्कुराती है। अब वह परी उससे बोलती है कि मैं तुम्हें तीन वरदान देती हूं मांगो जो मांगना है। रानी बोलती है कि सबसे पहले तो मुझे माँ बनना है। दूसरा- मैं चाहती हूं कि मेरे दोनों गांव का विकास बहुत अच्छी तरीके से हो। तीसरा- मैं चाहती हूं कि जो मेरे पति हैं वह हमेशा खुश रहे। परी उसे देख कर खुश होती है और उसके तीनों वरदानों को पूरा कर देती है।

भूतिया रास्ता

राजू एक दिन एक गांव में गया। उस गांव में उसे अपनी बीवी के रिश्तेदारों के पास जाना था। वह दिन में जब रमेश के घर पहुँचा तब उसे रास्ते में एक अजीब सी सड़क मिली कि मानो वह सड़क उससे कुछ कह रही हो या कहना चाह रही हो।

राजू ने इस बात को अनदेखा कर दिया और सोचा कि उसकी थकान का असर है। रमेश के घर जाकर इस बारे में बताया तब रमेश ने उसे घबराकर छूकर देखा और बोला कि तुम सही हो ना? राजू बोला, 'मुझे क्या होना है, मैं तो एकदम मस्त हूं। तुम्हें क्या हुआ? 'रमेश ने इस बात को अनदेखा कर दिया और बोला कुछ नहीं।

दोनों को बात करते-करते शाम हो गई। शाम के समय राजू बोला कि हमें तो पता ही नहीं चला, चलो अब मैं चलता हूं। रमेश से एकदम से रोका और बोला कि नहीं तुम इस समय नहीं जा सकते क्योंकि यह गांव रात को सुरक्षित नहीं रहता।

राजू हैरानी से बोला, 'सुरक्षित नहीं रहता मतलब? 'रमेश ने बोला 'कुछ नहीं तुम बस इस समय नहीं जा सकते।

राजू घबरा गया कि शायद रमेश उसके साथ कुछ गलत करने वाला है।

राजू फिर जिद पकड़ ली, 'वह तो इसी समय घर जाएगा रमेश के लाख समझाने पर भी नहीं माना तब रमेश ने उसे एक ताबीज पहना दिया

और बोला कि इसको किसी भी हालत में अपने गले से नहीं उतारना।

राजू फिर अपने घर की ओर चल दिया। दूर जाने पर उसे वही सड़क मिली जिस सड़क पर उसे कुछ अजीब सा लगा था। उसने देखा कि सामने एक बूढ़ी अम्मा खड़ी है। बूढ़ी अम्मा राजू से बोलती है, 'बेटा तुम कहां जा रहे हो? 'राजू जवाब देते भी बोलता है कि माँ मैं अपने घर शहर जा रहा हूं।

अम्मा उससे पूछती है कि तुमने यह गले में क्या पहन रखा है?

राजू बोलता है अम्मा कुछ नहीं ऐसे ही है।

अच्छा ऐसे ही है। तुम अंधविश्वास को मानते हो? राजू बोला, बिल्. कुल नहीं।

'तो फिर तुम इसको उतार क्यों नहीं देते?' राजू उस अम्मा के कहने से ताबीज उतार देता है।

जैसे ही राजू ताबीज उतारता है, बूढ़ी अम्मा एकदम बदलकर एक अजीब सा पेड़ बन जाती है। राजू घबराता है और अम्मा अम्मा चिल्लाता है।

वह पेड़ हंसने लगता है और बोलता है, 'कौन बूढ़ी अम्मा? मैं ही हूं वह बूढ़ी अम्मा मूर्ख....।'

राजू चिल्लाता है और भागने लगता है। और जैसे ही वह भागना शुरु करता है सड़क वही जल्दी शुरू हो जाती है। राजू को समझ नहीं आता कि वह भाग तो रहा है पर आगे क्यों नहीं बढ़ पा रहा है।

राजू के दिमाग में रमेश की बात याद आती है। अगर कुछ मेरे सामने अजीब सा अनदेखा घटित हो तो मैं यह ताबीज वहाँ रख दूं जहां खड़ा हूं।

राजू उस ताबीज को ढूंढता है और देखता है कि वह ताबीज तो उस पेड़ की जड़ के पास पड़ा है।

राजू तभी अपना दिमाग दौड़ाता है, और पेड़ को बोलता है तुम जो बोलोगे मैं वह करूंगा।

पेड़ सोचता है कि मैं इससे क्या कहूं आज तक ऐसा तो हुआ ही नहीं।

कुछ देर सोचने के बाद पेड़ बोलता है तुम एक काम करो गांव के जितने भी लोग हैं उन्हें यहाँ ले आओ।

राजू बोलता है कि मैं सबको ले आऊंगा पर मेरी भी एक शर्त है

कैसी शर्त? राजू बोलता है कि मुझे एक बार तुम्हारे पैर छूने हैं यानी तुम्हारी जड़ सुनी है।

पेड़ बिना कुछ सोचे समझे उसे बोल देता है कि ठीक है। राजू जैसे ही उसकी जड़ की तरफ झुकता है, वह तुरंत ताबीज उठाकर पेड़ की जड़ से बांध देता है। इससे पेड़ वापस बूढ़ी अम्मा बन जाता है। वह राजू से सिफारिश करता है कि वह उस ताबीज को उतार दे जिससे वह पेड़ आ. जाद हो जाए। राजू उसकी बात को ना मानकर जल्दी से वापस रमेश के घर दौड़ जाता है। राजू सारी बात रमेश को बताता है। रमेश उसे गांव के सरपंच के पास ले जाता है। सरपंच को जैसे ही सारी बात पता चलती है वह राजू का धन्यवाद करता है और उसे सम्मान के साथ उसे उसके घर तक छोड़ कर आते हैं।

चुड़ैल की शादी

राजूः- पुजारी जी! मैं बहुत परेशान हूं जब भी शादी की बात चलती है तभी कुछ ना कुछ अड़चन आ जाती है।

पुजारीः- बेटा अपनी कुंडली अपने साथ लाए हो?

राजूः- जी पुजारी जी।

पुजारीः- ओहो! बेटा तुम्हारी कुंडली में तो दोष है।

राजूः- दोष! कैसा दोष?

पुजारीः- हां,बेटा! तुम एक काम करो, गांव के पास जो पीपल का पेड़ है तुम उस पेड़ से जा कर शादी कर लो, तुम्हारी कुंडली का दोष खत्म हो जाएगा।

राजू वहाँ से चला जाता है और अगले दिन जाकर पेड़ से शादी कर लेता है। उस पेड़ पर एक चुड़ैल का साया होता है। उस चुड़ैल को लगता है कि राजू ने जैसे उसी से शादी कर ली है।

कुछ समय बाद,राजू की शादी, शीतल से हो जाती है। कुछ समय तक तो सब कुछ बहुत अच्छा रहता है, पर धीरे-धीरे चीजें बदलने लगती है।

एक सुबह राजू अपने बिस्तर से उठता है और देखता है, कि झाड़ू अपने आप चल रही है और शीतल उसके पीछे पीछे घूम रही है।

शीतलः- हा हा हा हा हा, यह भी कोई काम है?

राजूः- अरे यह कैसे क्या हो रहा है?

शीतलः--काम हो रहा है।

राजूः- यह कैसे काम हो रहा है?

शीतल राजू को पलटकर देखती है। जब राजू शीतल की आंखें देखता है तो वह लाल सी होती हैं।

राजूः- तुम्हारी आंखों में क्या हुआ?

शीतल वहाँ से चुपचाप चली जाती है,और राजू भी अपने काम के लिए निकल जाता है।

उस शाम राजू काम से वापस घर आता है, तो देखता है कि खाना अपने आप बन रहा है और शीतल एक कोने में बैठकर कुछ गुनगुना रही है।

शीतलः- चुड़ैल रात की रानी होती है, चुड़ैल रात की रानी होती है।

राजूः- क्या हो रहा है घर में?

शीतल (गाना गाते हुए):- चुड़ैल रात की रानी होती है।

शीतल वहाँ से चली जाती है। जब दोनों खाना खा रहे होते हैं तब...

राजूः- तुम खाना क्यों नहीं खा रही हो?

शीतलः- खाना तो इंसान खाते हैं।

राजूः- मतलब?

शीतलः- हा हा हा हा हा

राजू वहाँ से उठकर अपने कमरे में चला जाता है, और तभी पीछे पीछे शीतल भी वहाँ जाती है,और वह दोनों सो जाते हैं।

उसी रात, राजू की आंखें बीच रात में खुलती है तो देखता है कि

शीतल बिस्तर पर से गायब है। राजू कमरे से बाहर निकलता है और देखता है कि मेन गेट खुला हुआ है। इस समय यह गेट कैसे खुला हुआ है, शीतल भी घर से गायब है।

राजू घर से बाहर देखता है कि शीतल सामने खड़ी है।

शीतलः– मैं हूं रात की रानी, मुझे ना समझो पानी, जो मुझसे टकराएगा उसे याद दिला दूंगी मैं नानी। हा हा हा हा हा.. मजा आ गया मेरी शादी इस इंसान से हो गई। मैं हूं रात की रानी, मुझे ना समझो पानी, जो मुझसे टकराएगा उसे याद दिला दूंगी मैं नानी।

यह गाना गाते हुए शीतल हवा में उड़ने लगती है और झूम कर नाचने लगती है।

राजू उसे देख कर डर जाता है और चुपचाप अपने बिस्तर पर आ कर सो जाता है।

अगली सुबह, राजू सुबह जल्दी उठता है और भागकर पुजारी के पास जाता है।

राजूः– पुजारी जी!शीतल को कुछ हो गया है।

पूजारीः–– क्या हुआ शीतल को?

राजूः– पुजारी जी कल अजीब अजीब सी हरकतें कर रही थी, और रात को वह हवा में उड़ रही थी।

पुजारी जी थोड़े से आश्चर्यचकित होते हैं।

पुजारी जीः– तुमने पीपल के पेड़ से ही शादी की थी ना?

राजूः– नहीं, पीपल का पेड़ तो मुझे कहीं मिला नहीं था एक बरगद का पेड़ था मैंने उससे शादी कर ली थी।

कुछ देर बाद,पुजारी जीः– अरे राजू तुमने यह क्या कर दिया? उस बरगद के पेड़ पर तो एक भटकती चुड़ैल का साया है।

राजूः– पुजारी जी अब मैं क्या करूं? मेरी मदद करो।

उसी शाम राजू और पुजारी जी उस बरगद के पेड़ के पास जाते हैं और वहाँ पर हवन करके उसकी आत्मा की शांति की पूजा करते हैं।

अच्छा है उस चुड़ैल को अब मुक्ति मिल गई और वह मोक्ष को प्राप्त हो गई अब राजू और शीतल खुशी-खुशी अपना पूरा जीवन व्यतीत कर पाएंगे।

जान बची लाखों पाए

एक सुंदरपुर नाम का गांव था। उस गांव के पास बहुत बड़ा जंगल था। इस गांव में पिंकू नाम का आदमी रहता था। पिंकू का एक मोटू दोस्त भी था।

पिंकूः– चल भाई जंगल में घूमने चलते हैं।

मोटूः– मुझे तो मरने का शौक नहीं है, तू ही जा…।

पिंकूः– अरे चल ना भाई! हो सकता है कुछ नया देखने को मिल जाए।

मोटूः– जंगल मैं नया क्या मिलेगा?

पिंकूः– चल देखते हैं ।

पिंकू और मोटू दोनों जंगल की ओर चल देते हैं। बीच में उन्हें एक बुजुर्ग मिलते हैं।

बुजुर्गः– बेटा कहां जा रहे हो दोनों?

पिंकूः– कहीं ना बाबा जी, यूं ही जंगल तक घूम के आ रहे हैं।

मोटूः– बाबा जी यह पागल हो गया है आज।

बुजुर्गः– बेटा मैंने सुना है कि उस जंगल में एक भूतिया परिवार रहता है।

मोटूः– क्या कहा भूभूभूभूभूभूभू भूतिया, मैं नहीं जा रहा।

पिंकूः– चल मोटू यह बाबा जी शायद बुढ़ापे से सठिया गए हैं।

वह बुजुर्ग आदमी उन दोनों को अपनी लाठी दिखाता है और वहाँ से भगा देता है।

बुजुर्गः- मुझे बुढ्ढा बता रहे हैं, चलो भागो यहाँ से।

पिंकू और मोटू दोनों जंगल की तरफ चले जाते हैं। कुछ दूर जाने पर जब मोटू थक जाता है।

मोटूः- भाई रुक जा। बहुत देर हो गई चलते चलते।

पिंकूः- अरे चल ना, भाई ज्यादा दूर नहीं जाना है।

पिंकू और मोटू थोड़ी दूर तक जाते हैं और उन्हें एक बरगद का पेड़ दिखाई देता है उस पेड़ के नीचे बैठ जाते हैं।

उस पेड़ पर एक शाकाल नाम का भूत अपने परिवार के साथ रहता है।

शाकाल जब पिंकू और मोटू को देखता है तो अपनी बीवी रम्या से बोलता है।

शाकालः- देखो रम्या! दो इंसान आए हैं, क्यों ना आज इंसानों का खाना बनाया जाए।

रम्याः- शाकाल, तुमने तो मेरे मन की बात पूरी कर दी।

शाकालः- अब सोचना यह है कि इन्हें पकड़ा कैसे जाए।

रम्या औरशाकाल एक प्लान बनाते हैं, जिसमें रम्या एक सुंदर लड़की बनकर जाएगी और उन दोनों युवकों को अपने घर धोखे से ले आएगी।

रम्या लड़की बनकर जाती है

रम्याः- हाय मैं तो आप थक गई।

पिंकूः- ओए मोटू देख कितनी सुंदर लड़की है।

मोटूः- हां भाई चल से बात करते हैं

पिंकू और मोटू उस लड़की के पास जाते है।

पिंकू:- अरे आपको कुछ मदद चाहिए क्या?

रम्या:- आप कौन?

मोटू:- अरे मैं मोटू और यह मेरा दोस्त पिंकू, आज हम जंगल घूमने आए थे तो आपको देखा।

रम्या:- अच्छा, वह ना मेरी चप्पल टूट गई है तुम मुझे मेरे घर तक पहुँचने में थोड़ी सी सहायता कर दो।

पिंकू और मोटू रम्या के साथ उसके घर के लिए चल देते हैं। चलते चलते वह घने जंगल में पहुँच जाते हैं।

मोटू:- पिंकू भाई मुझे कुछ गड़बड़ लग रही है।

पिंकू:- भाई लग तो मेरे को भी रही है।

रम्या:- अरे! डरो मत, मेरा घर बस आ ही गया।

रम्या उन दोनों को एक झोपड़पट्टी में ले जाती है।वह पर शाकाल आदमी के रूप में बैठा होता है

शाकाल:-गेट पर कौन है?

रम्या:- अरे मैं हूं रम्या

शाकाल:- आ जाओ, आ जाओ अंदर आ जाओ।

शाकाल पिंकू और मोटू के लिए चाय बना कर लाता है। चाय पीने के के बाद पिंकू और मोटू बेहोश हो जाते हैं। कुछ समय जब उन्हें होश आता है

दोनों के हाथ-पैर बंधे होते हैं।

मोटू:- पिंकू भाई, उठ।

पिंकू:- भाई मेरे हाथों में बहुत दर्द हो रहा है।

शाकाल और रम्या अपने भूतिया रूप में उनके सामने आते हैं।

शाकालः- कहा था ना मैंने, आज इंसानों का खाना खाएंगे।

रम्याः- हा हा हा हा हा. आज तो खाने में मजा ही आ जाएगा।

तभी उनका गेट बजता है, रम्या गेट खोलती है तो देखती है कि सामने एक बुजुर्ग खड़े हैं।

रम्याः- कौन हो तुम? यहाँ कैसे आए?

बुजुर्गः-रम्या! जबान संभाल के बात करो।

वह बुजुर्ग अपने असली रूप में आ जाता है और वह शाकाल का पिता है।

शाकालः- पी पी पी पी पी, पिताजी आप यहाँ कैसे?

बुजुर्गः- क्यों क्या हुआ? मुझे देख कर चौंक क्यों गए?

शाकालः- पिताजी आप तो यहाँ से चले गए थे।

मोटूः- पिंकू भाई देख यह वहीं बुजुर्ग है।

पिंकूः- अरे बेवकूफ यह बुजुर्ग नहीं यह भूतों का सरदार है।

मोटूः- अब हमारा क्या होगा? हमें कौन बचाएगा?

बुजुर्गः- मैं तुम दोनों की सारी बातें सुन रहा हूं, और मैं तुम्हें बचाने ही आया हूं। मुझे पता था कि मेरे यहाँ से जाते ही शाकाल और रम्या कुछ ना कुछ गड़बड़ जरूर करेंगे।

मोटूः- क्या सच्ची?

वह बुजुर्ग मोटू और पिंकू को वहाँ से आजाद कराता है। और मोटू और पिंकू दोनों भाग कर अपने घर वापस आ जाते हैं।

जान बची लाखों पाए, लौट के बुद्धू घर को आए।

पुराना किला

एक बार चार दोस्त बैठे होते हैं। वह लोग सोचते हैं कि गांव के बाहर जो पुराना किला है अगर उसमें हम चारों में से कोई एक रात काट लेता है तो वह हम सब में सबसे ज्यादा बहादुर होगा। सभी दोस्त एक साथ उस किले की ओर जाते हैं। सब यह पक्का करते हैं कि जो भी इस किले में पूरी रात गुजार लेगा वह सबसे ज्यादा बहादुर होगा। रात हो जाती है और चारों दोस्त एक साथ वही किले के अंदर बैठे रहते हैं। एक को कुछ अजीब सा हिलता हुआ दिखता है, और वह दौड़ कर भाग जाता है। तीनों दोस्त उस पर हंसने लगते हैं। और बोलते हैं कितना बड़ा डरपोक है। एक दोस्त उठता है और किले के अंदर की ओर झांकने लगता है और देखता है कि कुछ खड़ा है। वह भी डर कर भाग जाता है। अब जो दो दोस्त बचे हैं वह दोनों पहले तो हंसते हैं और फिर सोचते हैं कि क्या वास्तव में यहाँ कोई भूत है या यह दोनों ऐसे ही हमें डराने के लिए भाग गए हैं। एक दोस्त के पैर से कुछ टकराता है और वह भी डर के भाग जाता है। अब जो बचा एक है वह सोचता है कि भाग जाए या रुक जाए?

कुछ देर सोचने के बाद उसने सोचा कि रुका ही जाए। थोड़ा ही समय तो बचा है अगर यह समय भी काट लिया तो मैं बहादुर माना जाऊंगा सबसे ज्यादा।

कुछ समय बीतने के बाद उसे कुछ लोगों की आवाज आती है। जैसे कि वह लोग लड़ रहे हैं। वह सोचता है कि शायद कुछ लुटेरे हैं जो अपने लूट के माल के लिए लड़ रहे हैं। तभी किले में एकदम से बहुत सारी रोशनी आ जाती है, वह डरता है और डरते हुए देखता है तो एक मोमबत्ती से

इतनी रोशनी आ रही है। इससे डरकर वहाँ एक पड़ी कुर्सी के पीछे छुप जाता है। और सुबह होने का इंतजार करता है।

धीरे धीरे सुबह हो जाती है और जो रोशनी रात को थी वह रोशनी गायब हो जाती है। जैसे ही वह उस कमरे से निकलकर बाहर आता है तो देखता है कि वहाँ कोई नहीं है और मौका देख कर उस किले से निकलकर अपने घर की ओर भाग जाता है।

जैसे ही वह अपने तीन दोस्तों के पास गया सबसे बहादुर, बहादुर, कह कर बोलने लगे। उसे किसी की आवाज सुनाई नहीं दे रही थी उसके दिमाग में बस यही चल रहा था कि रात को जो उसने आवाज सुनी और रोशनी देखी वह भ्रम था या सच्चाई।

इसके बाद उसने कभी भी इस हादसे की बात किसी से नहीं की और कभी उस किले की ओर मुड़कर भी नहीं देखा।

जिंदा मूर्ति

एक गांव में एक मूर्ति थी जो कि एक औरत की थी। सभी गांव वाले बोलते थे कि रात होते हैं यह मूर्ति जिंदा हो जाती है। पर कोई भी शहर का आदमी नहीं मानता था। एक दिन शहर से एक वैज्ञानिक गांव गया। उसने यह ठान लिया कि एक रात गांव में विताएगा उस मूर्ति के साथ।

गांव बालों के लाख समझाने के बाद भी जब वह नहीं माना तो गांव वालों ने उसे मूर्ति के साथ अकेला छोड़ दिया। सभी लोग कहने लगे कि यह मरेगा।

धीरे-धीरे रात हो गई और मूर्ति में अचानक कहीं से जान पड़ने लगी। जैसे-जैसे रात का अंधेरा होने लगा मूर्ति के अंगों में जान पड़ने लगी।

वैज्ञानिक इस चीज को देखकर हैरान था उसने सोचा कि यह कैसे हो सकता है। मूर्ति जैसे ही जिंदा हुई उसने वैज्ञानिक पर हमला कर दिया। वैज्ञानिक वहाँ से भागने लगा और जैसे ही वह भाग रहा था मूर्ति के हाथ इतने लंबे हो गए कि उस वैज्ञानिक को अपनी ओर खींच लिया।

वैज्ञानिक जब चला रहा था उसने मूर्ति के सामने एक कैमरा रखा हुआ था। जिस कैमरे में यह वारदात रिकॉर्ड हो रही थी। वह कैमरा उसके साथ ही के मोबाइल से जुड़ा हुआ था। जैसे ही यह रिकॉर्डिंग उसके साथी के पास जाती है उसका साथी इसको देख कर जल्दी से भागकर उस मूर्ति वाली जगह पर आता है।

वह देखता है वहाँ पर की मूर्ति ने अपने पैरों के नीचे वैज्ञानिक को दबा रखा है। तभी वहाँ एक तांत्रिक आता है और उसे उस मूर्ति से आजाद करने का उपाय बताता है।

तांत्रिक बताता है कि अगर यह मूर्ति किसी तरह से इस इलाके से बाहर आ जाए तो यह वापस मूर्ति बन सकती है। क्योंकि इसी इलाके में इसकी कब्र है जिससे इस को शक्ति मिलती है।

वह आदमी जोर से चिल्लाता है और बोलता है मूर्ति मैं यहाँ हूं मुझे पकड़ दिखाओ। मूर्ति बिना कुछ सोचे समझे उस आदमी की तरफ दौड़ पड़ती है। और जैसे ही वह उस इलाके से बाहर कदम रखती है वह आधी पत्थर की बन जाती है।

तांत्रिक हंसता है और बोलता है कि देखा मैंने बोला था ना तुझ से एक दिन मै तुझे वापस मूर्ति बना कर रहूंगा।

मूर्ति जोर से चिल्लाती है और बोलती है कि तू क्या मुझे मूर्ति बनाएगा मैं तो हूं ही मूर्ति।

उस आदमी को कुछ समझ नहीं आता कि यह हो क्या रहा है।

मूर्ति बताती है कि वह कभी एक औरत हुआ करती थी इस तांत्रिक की तंत्र विद्या की वजह से वह मूर्ति बन गई। और लोगों ने उसकी बात पर विश्वास ना करके इस तांत्रिक की बात पर विश्वास किया। इसी बात से गुस्सा होकर सभी लोगों को नुकसान पहुँचाने लगी।

वैज्ञानिक वहाँ से उठकर भागता है और उस तांत्रिक को पीछे से दबोच लेता है। तांत्रिक बोलता है कि यह मूर्ति तुम दोनों का पागल बना रही है। यह भूत है।

वैज्ञानिक बोलता है कि यह हमे पागल नही बना रही है, क्योंकि यह कोई और नहीं यह मेरी पत्नी है। मुझे पता है कि यह तेरे जाल में फंसकर यहाँ इस गांव में आ गई थी। और तभी से यह गायब हो गई। मैंने भी यह ठान लिया था कि एक ना एक दिन मैं इसे जरूर ढूंढ लूंगा।

मूर्ति उस वैज्ञानिक की ओर देखती है, और ध्यान से देखने पर उसे दिखाई देता है कि यह कोई और नहीं उसका पति है।

तभी वैज्ञानिक का साथी उस तांत्रिक की पोटली को छीनकर उसमें आग लगा देता है। जिससे उसकी तंत्र विद्या खत्म हो जाती है और वह जो मूर्ति बनी औरत है वह वापस औरत बन जाती है।

एक रिश्ता ऐसा भी

एक औरत थी जो कि अपने बेटे को बहुत ज्यादा मारती थी। मानो जैसे वो उससे दुनिया में सबसे ज्यादा नफ़रत करती है। उसकी नफ़रत का कारण था उसका बाप। उसके बाप ने उस औरत के साथ जबरदस्ती शादी की और बच्चा होने के बाद उसे छोड़कर चला गया। वह औरत उस बच्चे को फूटी आंख नहीं देख सकती थी। अगर कभी गलती से खाना मांग लेता तो उसे इतना मारती, इतना मरती कि मानो वह अधमरा हो गया है।

ऐसे पीटते-पीटते समय यूं ही निकल गया और लड़का अठ्ठारह वर्ष का हो गया। उसकी माँ ने बोला कि तू अब मेरे घर से निकल जा। तेरा मेरा कोई रिश्ता नहीं है। वह लड़का नम आंखों के साथ घर को छोड़कर चला जाता है। जब लड़का घर से चला जाता है तो उस औरत को उसकी कमी महसूस होती है। पर नफरत के आगे वह इस चीज को मानने के लिए ही तैयार नहीं होती कि वह उसे प्यार भी करती है।

अगर कोई गलती से कह देता कि तेरा बेटा जहां है तू भी चली जा। तो वह आदमी पर भड़कती है और लड़ने लगती थी। एक दिन उस औरत की बहुत ज्यादा तबीयत खराब हो जाती है। गांव वाले बोलते हैं कि अब इस के बेटे को बुला लो इसके पास ज्यादा समय नहीं है। वह औरत उस हालत में भी अपने बेटे को नहीं देखना चाहती है। एक बूढ़ी अम्मा आती है और उस औरत से बात करती है कि तुम उस बच्चे से इतनी नफरत क्यों करती हो?

वह औरत बताती है कि कैसे उसके बाप ने उसका इस्तेमाल किया

और उसे छोड़कर चला गया। बूढ़ी अम्मा उसे समझाती है। बचपन में जब तू उसे मारती थी वह कभी तेरे सामने नहीं रोया कि मेरी माँ को बुरा लगेगा। अगर तू उसे कभी खाना नहीं देती थी और कोई और उसे खाना देता था तो वह कभी भी किसी से खाना नहीं लेता था कि मेरी माँ को बुरा लगेगा।

बूढ़ी अम्मा उसे बताती है कि उसके बाप ने तो खाली तेरा इस्तेमाल किया पर उस बच्चे का सोच जिसे वह जन्म से पहले ही छोड़ गया और उसकी माँ ने भी उसके साथ ऐसा व्यवहार किया। उस औरत को धीरे-धीरे बात समझ आती है और वह मन ही मन तो चाहती है कि उसका बेटा वापस आ जाए पर वह यह बात कहे कैसे और किस से।

वह औरत उस बूढ़ी अम्मा से कहती है कि वह उसकी मदद करे। उसके बेटे को वापस लाने में। बूढ़ी अम्मा मुस्कुराती है और आवाज लगाती हैं। 'बेटा आ जा अंदर ....'

वह औरत अपने बेटे को सामने देखकर मुंह फेर लेती है। बूढ़ी अम्मा कहती हैं कि अब तुझे क्या हुआ? जब उसका मुंह उसके बेटे की तरफ करती है तो वह औरत अपने बेटे से आंखें नहीं मिला पाती।बेटा अपनी माँ का हाथ पकड़ कर बोलता है, 'माँ मुझे सब पता है कि तू मुझसे क्यों नफरत करती है। पर मेरे लिए तो तू भगवान है। मेरी जन्नत.... तेरे चरणों में ही है माँ मुझे अपने आप से दूर मत कर माँ।'

उसकी माँ नम आंखों के साथ उससे लिपट जाती है और बेटा अपनी माँ को अपने साथ चला जाता है। एक बड़े अस्पताल में उसका इलाज करवाता है। एक महीने बाद जब उसकी माँ ठीकहो जाती है तो वह और उसका बेटा एक साथ शहर में ही खुश रहने लगते हैं।

दिल के रिश्ते

एक लड़का था। उस लड़के की कोई भी बहन नहीं थी। हर रक्षाबंधन में उसकी कलाई सुनी ही रहती थी। वह लड़का यह सोचता था कि कितना बदनसीब है, उसकी कोई भी बहन नहीं है। एक दिन वो रास्ते पर जा रहा होता है। वह देखता है कि एक छोटी बच्ची भूखी प्यासी सबसे भीख मांग रही है। वह उस बच्ची को अपने साथ अपने घर ले आता है, और उसे खाना खिलाता है। वह लड़का उस शहर में बिल्कुल अकेला रहता है। उस लड़के को पता नहीं क्यों उस बच्ची से एक अजीब सा रिश्ता महसूस होता है। उस लड़की से रोज मिलने की कोशिश करता है। वह लड़की रोज उसे उसी सिग्नल पर मिलती है,जहां हो पहली बार मिली थी।

लड़के को अपने गांव वापस जाना होता है। महीने के लिए वह लड़का अपने गांव जब पहुँचता है तो पूरी बात माँ को बताता है। उसकी माँ सुनती है और उसकी आंखों में आंसू आ जाते हैं। लड़का पूछता है, 'माँ तुझे क्या हुआ तू क्यों रो रही है। लड़के की माँ बोलती है, 'बेटा तेरी भी एक बहन थी जो हमने कभी तुझे नहीं बताया। वह हमसे एक सिग्नल पर ऐसे ही बिछड़ गई। उसका हाथ मेरे हाथों से पता नहीं कब छूट गया और वह कहां चली गई। हमने उसे बहुत ढूंढा पर वह आज तक हमें नहीं मिली।'यह बोलकर उसकी माँ फूट-फूट कर रोने लगी। लड़का अपनी माँ को चुप कराता है। और बोलता है कि तू मेरे साथ शहर चल। मैं तुझे उस लड़की से मिलवाता हूं।

अगले दिन वह माँ बेटा शहर की ओर चल देते हैं। लड़का सबसे पहले उसे उस लड़की के पास ले जाता है। माँ को पता नहीं क्यों उस

लड़की में अपनी बेटी की झलक दिखाई देती है। माँ जब उस बच्ची से बात करती है तो पूछती है,'बेटा तुम यहाँ क्या कर रही हो? तुम्हारे माँ बाप कहां है?' बच्ची बोलती है कि मेरी माँ बहुत बीमार है मेरे बाप की मौत हो चुकी है।

माँ बोलती है, 'बेटा, मुझे तुम अपनी माँ से मिलवा सकती हो क्या? 'वह बच्ची डरती है और बोलती है क्यों मैं तुम लोगों को अपनी माँ से मिलवाउं? मेरी माँ तो पहले से ही बहुत बीमार है। 'माँ के और थोड़ा दबाव डालने पर वह बच्ची मान जाती है और उन दोनों को अपनी माँ के पास ले जाती हैं।

रास्ता बहुत ही अजीब सा था। छोटी-छोटी गलियां, गंदी गंदी गलियां जगह-जगह कूड़ा पड़ा था। जब वह लोग उस बच्ची के घर पहुँचे तो उन्होंने देखा कि एक पतली, सूखी सी औरत बिस्तर पर पड़ी है। जब माँ उसके पास पहुँची और उसके सर पर हाथ रखा तो उस बिस्तर पर लेटी औरत के मुंह से एकदम से निकला कि माँ तुम आ गई? माँ की आंखों में आंसू थे जैसे मानो उसे उसकी ही बेटी मिल गई हो, और वह माँ उस औरत और उसकी बच्ची को अपने साथ अपने घर ले आई। उन लोगों ने उस बच्ची और उसकी माँ की बहुत देखभाल की और फिर जब वह औरत ठीक हो गई तो वह वहीं रहने लगी। वो परिवार पूरा हो गया और मानो जैसे उस लड़के की भगवान ने सुन ली उसे बहन मिल गई और उस माँ को बेटी मिल गई।

घमंडी जीजा

सुबह का समय था

गिरधारी सेठ (कमरे के अंदर से):- सुनो भाग्यवान जल्दी से मेरा खाना लगा दो मुझे कारखाने के लिए निकलना है।

रेनू:- लगा रही हूं।

गेट पर रेणु का भाई खड़ा है। घंटी बजती है गेट की।

गिरधारी सेठः- सुनो,घर के गेट पर कोई है। जरा दरवाजा खोल दो।

रेनू:- सारा घर का काम मैं ही करूं और यह चौकीदारी का काम भी मैं ही करूं?

गिरधारी सेठः- रेनू मैं सब सुन रहा हूं।

तभी फोन बजता है

गिरधारी सेठः- हेलो! कौन बोल रहा है?

रानी- मरे! तुझे तो मेरी याद आती नहीं है?

गिरधारी सेठः- बोलो क्या काम है?

रानीः- तू बहुत बड़ा हो गया है ना. बचपन में तेरी पौटी भी मैंने साफ की है।

गिरधारी सेठः- कुछ काम है तो बोलो वरना मैं फोन काट रहा हूं।

रानीः- नहीं! कुछ काम नहीं है फोन काट दे चल।

गिरधारी सेठः- रेनू मैंने तुम्हें कितनी देर पहले आवाज लगाई थी?

रेनूः- आ रही हूं, इतने हल्ले क्यों काट रहे हो? अगर तुम कहो तो तुम्हारा खाना राजू के साथ लगा दूं क्या?

राजूः- और जीजा कैसे हो?

गिरधारी सेठः-ठीक हूं।

राजूः- जीजा जी कामकाज सही चल रहा है तुम्हारा?

गिरधारी सेठूः- रेनू! आज यह कैसा खाना बनाया है ना तो खाने में स्वाद है,और ना ही मीठी में मिठास है।

रेनूः- राजू ऐसे ही आ जाया करो, अच्छा लगता है।

राजूः- अगर मैं ऐसे ही आता रहा तो एक दिन तुम्हारे पति को हार्टअटैक जरूर आ जाएगा।

गिरधारी सेठ (सोचते हुए)ः- इसमें क्या अच्छा लगता है,आ जाता है और फालतू में समय और पैसा बर्बाद करवाने।

गिरधारी सेठ कारखाने में।

मुनीम जीः- गिरधारी बेटा तू आ गया?

गिरधारीः- मुनीम जी तुम अपने काम से काम रखो।

मुनीम जीः- बेटा मैंने तुम्हें अपने कंधों पर बैठा कर घुमाया है।

गिरधारीः- मुनीम जी! मेरा बाप बनने की कोशिश मत करो।

मुनीम जीः- गिरधारी, तुम बहुत बदल गए हो। एक समय था जब तुम मुझे अपने पापा की जगह देखते थे और आज कह रहे हो कि मेरे बाप बनने की कोशिश मत करो।

गिरधारीः- चलिए अपना काम करिए, बहुत बातें हो गई। उसी शाम

रिसेप्शनिस्टः- गिरधारी बोल रहे हैं क्या?

गिरधारीः- हां बोल रहा हूं, बोलो क्या काम है? अगर चंदे के लिए फोन किया है तो मैं दान पुण्य में कोई विश्वास नहीं रखता।

रिसेप्शनिस्ट(आश्चर्य से)ः- नहीं सर! मैंने फोन इसलिए किया है क्योंकि आपकी बीवी रेणु अभी इमरजेंसी में आईं और उन्हें सर पर चोट आई है।

गिरधारी घबराते हुएः- कैसे, कब, कहां?

रिसेप्शनिस्टः- आप जल्दी से अस्पताल आ जाइए।

डॉक्टरः- क्या तुम गिरधारी हो?

गिरधारीः- तुम कौन हो? और मुझे ऐसे छूने की जरूरत कैसे की?

डॉक्टरः- मैं डॉक्टर हूं। रेणु का इलाज कर रहा हूं?

गिरधारीः- तुम डॉक्टर जैसे लग तो नहीं रहे हो?

डॉक्टर (गुस्से से)ः- मेरे बारे में बाद में विचार कर लेना पहले अपनी बीवी के बारे में सोचो।

गिरधारी फिर डॉक्टर से पूछता है- रेणु को क्या हुआ?

डॉक्टरः- जब यहाँ आई थी, इनकी सर पर चोट थी और खून काफी बह चुका था।

गिरधारीः- तुम डॉक्टर हो, तो तुमने अभी तक इलाज क्यों नहीं किया?

डॉक्टरः- मैंने तुम्हें पहले भी बताया कि मैं इलाज चल रहा हूं, और तुम्हें यहाँ इसलिए बुलाया गया है, कि इनका खून बहुत बह गया है इसलिए हमें खून की जरूरत है।

गिरधारीः- मेरे पास बहुत पैसा है तुम पैसे की चिंता मत करो। बस मेरी बीवी का इलाज करो।

डॉक्टरः- शायद तुमने सुना नहीं, मैंने बोला कि खून चाहिए पैसा नहीं।

नर्सः- सुनिए आपकी बीवी अब खतरे से बाहर है।

गिरधारीः -लेकिन डॉक्टर तो अभी बोल रहा था खून चाहिए।

नर्सः- आपकी बीवी के भाई ने खून दे दिया है, जिससे उनकी जान बच गई।

राजूः- क्या जीजा!काहे को परेशान हो रहा है? सब बढ़िया है, देख अभी आएगी रेनू तेरा सर खाने।

गिरधारीः- साले साहब! मुझे समझ नहीं आ रहा कि मैं आपका ध न्यवाद कैसे करूं।

राजूः- चलो चलो जल्दी से रेनू से मिल लो वरना फिर १० बातें सुनाएगी तुम्हें।

लालची सास

बचपन के दोस्त राजू और रमेश बहुत दिनों बाद मिलते हैं। रमेश को बेटी हुई होती है तो राजू रमेश से मिलने अस्पताल जाता है।

राजूः- मुबारक हो भाई! ले मिठाई खा मैं चाचा बन गया और तू बाप बन गया।

रमेशः- शुक्रिया भाई।

राजूः- अरे भाई, क्या बात है? तू मुझे कुछ उदास सा लग रहा है।

रमेशः- भाई बेटी हुई है।

राजूः- हा तो! बेटी तो लक्ष्मी का रुप होती है।

रमेशः-भाई ऐसी बात नहीं है कि मैं दुखी हूं, बस मुझे एक बात परेशान कर रही है अभी तो रश्मि हुई ही है, पर मुझे इसकी शादी की बहुत चिंता सता रही है।

राजूः- हा हा हा! कैसी बात कर रहा है रमेश नवजात बच्ची की शादी की अभी से इतनी चिंता क्यों कर रहा है.

रमेशः- राजू भाई तुम नहीं समझोगे, तुम्हारे तो बेटा है ना. बेटी होती तब शायद समझते।

राजूः- रमेश भाई क्यों ना एक काम करें तुम अपनी बेटी रश्मि की शादी मेरे बेटे राहुल से करवा देना।

रमेशः- ठीक है राजू भाई।

राजू ने रमेश को वचन दिया, और दोनों अपने-अपने रास्ते चले गए।

अब २० साल बाद राहुल और रश्मि दोनों बड़े हो चुके थे। राजू और रमेश ने उन दोनों की शादी करा दी। शादी के बाद रश्मि राजू के घर में रहने लगी। पर राजू की पत्नी सुधा को रश्मि के बाप से दहेज में कुछ खास नहीं मिला था।

राजूः– रश्मि बेटा इसे अपना ही घर समझो।

सुधाः– हां हां अपना ही घर समझो।

रश्मिः– जी! माँ जी।

कुछ समय बाद, रश्मि के पति राहुल को विदेश जाना पड़ता है काम के लिए। जब राहुल विदेश के लिए रवाना हो जाता है तब सुधा का व्यवहार रश्मि के लिए कुछ बदल सा जाता है।

रसोई में,

रश्मिः– माँ जी आज खाने के साथ हलवा बना लूं क्या?

सुधाः– क्यों भाई, देसी घी क्या तू अपने साथ दहेज में लाई थी?

रश्मिः– पर माँ जी! मैंने सोचा कि आज पूजा में भोग लगा देते हैं तो इसलिए कह रही थी।

सुधाः– इतना ही पूजा के भोग के बारे में सोचती है तो क्यों ना अपने बाप से देसी घी के कनस्तर मंगा ले।

रश्मि वहाँ से चली जाती है, वह अपने कमरे में। बल्ब चला कर बैठती है। तभी सुधा वहाँ आ जाती है।

सुधाः– ओ राजकुमारी! बिजली का बिल क्या तेरा बाप भरेगा?

रश्मिः– माँ जी गर्मी बहुत है।

सुधाः– काम की ना काज की, दुश्मन अनाज की। चल जल्दी से उठ

और बाथरूम में कितने कपड़े पड़े हैं धोने के लिए, उन्हें धो दे। यहाँ काम चोरों की तरह पड़ी मत रह।

रश्मि बहुत ज्यादा दुखी है। पर यहाँ वह अपना दर्द किसको बताएं। वह अपने दर्द को मन के एक कोने में छुपा कर रखती है। छुप छुप के रोती है, पर किसी से कुछ नहीं कहती है। रश्मि बाथरूम में चली जाती है। और कुछ समय बाद सुधा भी वहाँ आ जाती है।

रश्मिः– माँ जी आप यहाँ?

सुधाः– अरे करम जली! इतना सर्फ क्यों इस्तेमाल कर रही है? यह कोई मुफ्त में नहीं आया है?

रश्मिः– मैंने तो इसमें केवल एक चम्मच ही सर्फ डाला है।

सुधाः– मुझसे जबान लड़ाती है। रुक, तुझे मैं अभी बताती हूं।

जैसे ही सुधा रश्मि की तरफ बढ़ती है, सुधा का पैर फिसल जाता है और वह जमीन पर गिर जाती है।

सुधाः– हे भगवान! इस कामचोर ने तो मुझे गिरा दिया। जब से आई है मनहूसियत ही फैला रखी है।

हाय मैया मर गई। मार डाला इस करमजली ने तो मुझे। हाय हाय...हाय..।

रश्मिः– अरे माँ जी आप कैसे गिर गई?

सुधाः– ओ राजकुमारी, तुझे दिख नहीं रहा क्या? मेरा पैर फिसल गया,मै गई, हाय राम! कमर टूट गई लगता है मेरी।

रश्मिः– माँजी रुकिए मैं आपकी मदद करती हूं। आपको आपके कमरे तक लेकर चलती हूं।

सुधाः– हाय मैया! आज तो इस राजकुमारी ने मार ही डाला मुझे।

रश्मि सुधा की मदद करती है और उसे उसके कमरे में ले आती है।

कुछ समय बाद सुधा को होश आता है तो वह देखती है कि राजू सामने खड़ा है।

राजूः- अरे भाग्यवान यह कैसे हुआ?

सुधाः- मुझसे क्या पूछ रहे हो? अपनी लाडली बहू से पूछो।

राजूः- सुधा तुम उसके साथ ऐसा व्यवहार क्यों करती हो? तुम्हें पता है जब रश्मि तुम्हें कमरे में लेकर आई थी। तुम बेहोश हो गई थी, और रश्मि ने पूरे एक हफ्ते से बिना कुछ खाए पिए, बिना सोए तुम्हारी देखभाल की है। और यहाँ से एक पल के लिए भी नहीं हिली है।

तभी रश्मि कमरे में आती है।

रश्मिः- लीजिए माजी, आप की दवाई, इसे खा लीजिए इससे आप जल्दी ही हष्ट पुष्ट हो जाएंगी।

सुधाः- रश्मि बेटा मुझे माफ कर दो। मैं हमेशा तुम्हें ताने मारती रहती हूं।

रश्मिः- नहीं माजी ऐसा नहीं है आप मेरी माँ की तरह ही हैं।

सुधाः- अब मैं तेरी माँ की तरह नहीं माँ ही बनके रहूंगी।

स्कूल वाला प्यार

मैं यानी यश, आपको आज अपनी पहली लव स्टोरी सुनाता हूं। दोस्तों मैं दसवीं जी क्लास में था, तब मुझे वह दिखी। यानी, कीर्ति, मुझे आज भी याद है। जब वह कैंटीन से निकल कर प्ले ग्राउंड की तरफ जा रही थी। उसकी आंखें, उसकी वह जुल्फें, उसकी वह चाल, बस क्या बताऊं दोस्तों मैं तो मानो उसका दीवाना हो गया था।

मैंने उसका पीछा किया और देखा कि वह तो मेरी ही क्लास में जा रही है। उसने मुझे पीछे मुड़कर देखा और मुझसे पूछा दस बसें किधर है?

मैंने भी मौके का फायदा उठाया और उसे लंबा घुमाकर क्लास में लेकर गया, वह बोली यह क्लास तो वही है जहां हम मिले थे। मैंने हंसकर बोला कि हां यही है वो क्लास।

फिर उसने मुझे गुस्से से देखा और क्लास के अंदर चली गई। मैं भी उसके पीछे-पीछे क्लास में जा रहा था कि तभी मैंने देखा सामने हमारे मैथ्स टीचरखड़े हैं। उन्होंने मुझसे पूछा कि क्या तुमने होमवर्क किया है?

मैं तो भूल गया था कि मुझे यह क्लास तो बंक करनी है। यह क्या कर दिया मैंने। यह तो गलती हो गई।

मैथ्स टीचर गुस्से से बोले:–'गेट आउट ऑफ़ माय क्लास!

मैंने मुड़ कर देखा तो कीर्ति हंस रही थी। मानो मेरे मन में जैसे एक साथ हजारों तितली उड़ रही हैं। मैंने क्लास खत्म होने का इंतजार किया। क्लास के बाद मैं सीधा कीर्ति के पास गया और बोला, 'क्या तुम

मुझसे दोस्ती करोगी?'

कीर्ति का मेरे में अभी तक कोई भी इंटरेस्ट नहीं था। मैंने भी सोचा कि ठीक है बेटा अब तो मुझे कीर्ति से दोस्ती करनी ही है।

अगले दिन मैं स्कूल जल्दी पहुँच गया। क्लास के गेट पर खड़े होकर उस का वेट कर रहा था तभी वह सामने से आ रही थी। अपनी बेस्ट फ्रेंड काजल के साथ, और काजल तो मेरी पक्की वाली दुश्मन है। यह तो कभी भी मेरी और कीर्ति की दोस्ती होने ही नहीं देगी।

काजल ने मुझे देखा और कीर्ति से कुछ बोला। मैंने मन में सोचा कि बेटा काजल तो पक्का तेरी बुराई ही करेगी। जैसे ही कीर्ति और काजल मेरे पास से गुजरे तो कीर्ति ने मुझे देख कर मुस्कुराया।

मैं उस दिन पूरे टाइम यही सोचता रहा कि कीर्ति मुझे देख कर मुस्कुरा क्यों रही थी।

मैं छुट्टी में फिर काजल के पास गयाः- देख काजल जो भी दिक्कत हम दोनों के बीच में है उसे तू कीर्ति को मत बताना। तेरी मेरी दुश्मनी अपनी जगह है। पर मैं कीर्ति को पसंद करता हूं और उससे दोस्ती करना चाहता हूं।

काजलः- शक्ल देख अपनी....

मैं उस दिन बहुत गुस्से से वापस घर गया। शाम को घर की घंटी बजी तो देखा कि सामने काजल खड़ी है। मैंने उससे कहा, 'तू यहाँ क्या कर रही है? काजल बोली, 'तुझे कीर्ति से दोस्ती करनी है तो मैं तेरी मदद करूंगी। पर तुझे मेरा एक काम करना होगा'।

मैंने बिना सोचे उसे हां कर दी। काजल बोली, 'एक बार सोच तो ले 'मैंने बोला, 'जो भी काम है मैं कर दूंगा। 'काजल ठीक है बोलकर वहाँ से चली गई और मुझे बोला कि अगले दिन मुझे स्कूल के बाहर मिलना।

मैं अगले दिन स्कूल जल्दी पहुँच गया। मै काजल का स्कूल के गेट पर

वेट कर रहा था, कि मैने सामने से देखा काजल आ रही है। मैंने काजल से बोला कि जल्दी बता काम क्या है? फिर तू मेरी और कीर्ति की दोस्ती करा देना। काजल बोली कि मेरा मोबाइल कल हमारे मैथ्स टीचर ने पकड़ लिया था और वह उन्हीं के पास है। बस! तुझे वह मोबाइल उनकी कबर्ड से निकाल कर मुझे देना है। मैं नहीं चाहती कि मेरे घर में किसी को पता चले कि मेरा मोबाइल पकड़ा गया है।

मैंने सोचा यश बेटा तू तो गया। कीर्ति से दोस्ती करने के लिए अब क्या-क्या करना पड़ेगा। मैं जब अपने मैथ टीचर के रूम में गया तो देखा कि वहाँ पर तो टीचर है ही नहीं। मैंने सोचा कि क्यों ना मौके का फायदा उठाया जाए और मोबाइल निकाल लिया जाए। जैसे ही मैंने उनकी कबर्ड खोली तो देखा कि वहाँ तो बहुत सारे मोबाइल है।

'हो क्या रहा है यह मेरे साथ! चलो अंदाजा लगा कर मैं काजल का मोबाइल ढूंढता हूं। मैंने देखा कि एक मोबाइल पर काजल की तस्वीर है। मैने उसे तुरंत उठा लिया। जैसे ही फोन उठाया तभी पीछे से मेरे मैथ्स टीचर आ गए। 'क्या कर रहे हो यश तुम? 'मैं घबरा गया और मैंने घब. राहट में सर से झूठ बोल दिया, 'सर मेरे पेट में बहुत दर्द हो रहा है मैं इसलिए आपको ढूंढ रहा था और आप नहीं दिखे तो मैंने सोचा कि क्यों ना मैं दवाई खुद ले लूं' और मैं जानबूझकर वहाँ गिर पड़ा जैसे मानों की मैं बेहोश हो गया हूं।

मैथ टीचर मुझे जल्दी से नर्सिंग रूम में मैं लेकर भागे। जैसे ही मैं वहाँ पहुँचा मैंने देखा कि कीर्ति सामने खड़ी है। मैंने सोचा कि क्यों न मौके का फायदा उठाया जाए और कीर्ति से बात की जाए।

जैसे ही मैथ टीचर मुझे वहाँ छोड़कर बाहर गए। मैं उठा और कीर्ति की तरफ बढ़ने लगा। तभी बीच में काजल आ गई और मैंने काजल को उसका फोन दे दिया। काजल हसनेलगी। उसने कीर्ति से बोला कि देख मैंने कहा था ना यह तेरे से दोस्ती करने के लिए मैथ्स टीचर की कबर्ड से मेरा फोन निकाल के ला सकता है।

कीर्ति शरमाई और हंसने लगी। मैंने काजल से पूछा कि यह हो क्या रहा है?

—'बेवकूफ कीर्ति भी तुझसे दोस्ती करना चाहती है, और यह तुझे शायद पसंद भी करती है। मैंने बोला, 'तूने मेरे साथ ऐसा क्यों किया कि मैं टीचर के पास फंस गया। 'काजल ने बताया कीर्ति से मैंने बोला था यश तुझे इतना पसंद करता है कि वह तेरे लिए कुछ भी काम कर सकता है।

काजल वहाँ से चली गई, दोनों बात करने लगे और देखते ही देखते दोस्ती प्यार में बदल गई।

गुमनाम चुड़ैल

एक दिन की बात है ठंड का समय था और बहुत ज्यादा कोहरा छाया हुआ था। सभी लोग जल्दी जल्दी अपना काम खत्म करके अपने घर की तरफ जा रहे थे। राजू अपना काम खत्म करके अपनी गाड़ी से अपने घर की तरफ चला। कुछ दूर जाने के बाद उसने सामने देखा कि एक औरत खड़ी है। राजू ने उस औरत से पूछा, 'तुम कौन हो और इतनी रात को यहाँ क्या कर रही हो?'

इतना पूछने के बाद वह औरत अचानक से जोर जोर से रोने लगी। राजू को कुछ समझ नहीं आया और उसने उस औरत को बिना कुछ सोचे समझे अपने साथ चलने का प्रस्ताव रख दिया। उस औरत ने बिना हाँ या ना किए उसके साथ उसकी गाड़ी में बैठ गई।

गाड़ी में बैठने के बाद उसने अपना घुंघट लंबा करके डाल लिया। राजू को कुछ समझ नहीं आया और वह उसे अपने साथ जैसे ही वह अपने घर पहुँचा, राजू की माँ ने पूछा, 'यह औरत कौन है और इसने इतना लंबा घूंघट क्यों डाल रखा है?'

राजू ने बताया कि यह उसे रास्ते में मिली थी और शायद यह बोल नहीं सकती है, इसीलिए राजू उसे अपने साथ अपने घर ले आया।

राजू की माँ ने उस औरत से कहा कि आज वह उसके साथ खाना बनाने में मदद करें। माताजी ने उस औरत के हाथ में मछली पकड़ा दी कि वह और मछली बनाए और औरत ने कुछ नहीं बोला और राजू की माँ रसोई से बाहर चली गई।

कुछ समयबाद जब राजू की माँ वापस रसोई में आई तो उन्होंने देखा कि वह औरत कच्ची मछली खा रही है। यह देखकर वह बहुत ज्यादा गुस्सा हो गई और उस पर चिल्लाई, 'क्या कर रही हो तुम..?

इस औरत ने एकदम से अपना घूंघट उतार दिया और राजू की माँ पर हमला कर दिया। जैसे ही राजू की माँ ने उस औरत के नाखून देखें तो मानो ऐसे थे जैसे किसी भेड़िए के हो।

राजू की माँ जोर जोर से चिल्लाई, 'यह कोई इंसान नहीं है यह चुड़ैल है'

राजू ने इस दृश्य को देख लिया और उसने सोचा कि अगर वह चूल्हे में से कोयला उठाकर इस औरत के आसपास गिरा दें तो शायद उसकी माँ की जान बच जाए। जैसे ही राजू ने कोयला गिराना शुरू किया, चुड़ैल जोर-जोर से अजीब सी आवाज में चिल्लाने लगी।

इतने शोर-शराबे के बाद वहाँ पर भीड़ इकट्ठी हो गई और चुड़ैल तेजी से दौड़ कर हवा में गायब हो गई।

सभी लोग इस दृश्य को देखकर सहम से गए और राजू और राजू की माँ की तारीफ करने लगे।

बचपन का किस्सा

जब मैं दसवीं क्लास में था हमारे स्कूल में एक अफवाह उड़ी हुई थी कि जो ग्राउंड फ्लोर पर टॉयलेट है वहाँ पर एक भूत रहता है। यह अफवाह इतनी सच्ची थी कि स्कूल के बच्चे ही नहीं टीचर्स भी ग्राउंड फ्लोर के टॉयलेट पर नहीं फर्स्ट फ्लोर के टॉयलेट में जाते थे।

एक दिन स्कूल की छुट्टी के बाद मुझे जोर से टॉयलेट आई मैंने सोचा कि क्यों ना मैं ग्राउंड फ्लोर की टॉयलेट में चला जाऊं। जब मैं टॉयलेट गया तब मुझे वहाँ कुछ अजीब नहीं लगा। मैं टॉयलेट करके निकल ही रहा था कि तभी किसी ने मुझे पीछे से जोर से धक्का मारा।

मैं जमीन पर नीचे गिर पड़ा और देखा कि सामने से एक अजीब सा बच्चा आ रहा है, उसकी उम्र केवल दो से तीन साल की लग रही थी।

जैसे ही मैंने उस बच्चे को देखा मैंने बोला, 'यहाँ से भाग जाओ। यहाँ कोई भूत है। पर वह बच्चा मेरे सामने सीधा चला रहा था। जैसे-जैसे वह पास आया मैंने देखा कि उस बच्चे के सर पर एक घाव है और उस घाव में से खून रिस रहा था। उसे देख कर मैं डर गया। और बड़ी मुश्किल से मैं वहाँ से उठकर भागा। भागते भागते मेरी टक्कर एक बूढ़ी औरत से हो गई। स्कूल में सभी को पता था कि यह बूढ़ी औरत बोल नहीं सकती।

औरत ने मानो जैसे मेरी परिस्थिति का पता लगा लिया हो और एकदम बोल पड़ी –तुम्हें क्या हुआ है? क्या तुम मेरे पोते से मिल कर आए हो?

इस बात से मैं और भी ज्यादा डर गया, और डर के वापस टॉयलेट

की तरफ भागने में लगा। मुझे याद आया कि मैं गलत दिशा में जा रहा हूं और मैं बीच में ही रुक गया। मेरे रुकते ही, बूढ़ी अम्मा और वह बच्चा दोनों मेरे बहुत करीब आ गए।

उस बच्चे ने बुढ़िया माँ से बोला कि देखो मेरा दोस्त आया है। बूढ़ी अम्मा ने बोला कि हां बेटा यह तेरा दोस्त है। अब तू एक काम कर अपने घर वापस जाओ और सो जाओ।

वह भूतिया बच्चा वापस उस टॉयलेट के अंदर चला गया। मैंने घबराते हुए उनकी अम्मा से पूछा कि क्या तुम इसे जानती हो?

बूढ़ी अम्मा ने, यह बच्चा मेरा होता है, जब यह स्कूल बन रहा था तब इसके सर पर ऊपर से एक पत्थर गिर गया जिससे इसका सर फट गया और यह यहीं खत्म हो गया।

मैंने फिर उनसे पूछा कि क्या इसे कभी मुक्ति नहीं मिल सकती। बूढ़ी अम्मा ने बताया कि अगर इसके माँ-बाप यहाँ पर आकर हवन करेंगे तो इसे मोक्ष मिल जाएगा। मैंने पूछा इसके माँ-बाप कहां है?

बूढ़ी अम्मा ने बताया, 'इस हादसे के बाद इसके माँ-बाप यह शहर छोड़कर चले गए और वापस कभी नहीं आए।

मैंने बोला कि कोई रास्ता होगा कि वह यहाँ पर आ सके और इसके मोक्ष के लिए हवन करवा सके।

बूढ़ी अम्मा ने बोला शायद तुम मेरी मदद कर सकते हो?

मैंने पूछा कैसे?

बूढ़ी अम्मा ने अपना फोन निकाला और एक नंबर डायल,और बोली कि तुम्हारा बेटा वापस आ गया है। तुम जल्दी से आ जाओ।

कुछ समय बाद मैंने देखा कि सामने से एक अंकल आंटी आ रहे हैं।

बूढ़ी अम्मा ने बोला कि देखो अभी तुम्हारा बेटा आएगा। बूढ़ी अम्मा

मुझसे बोली, 'तुम फिर से बाथरुम में जाओ जिससे उनका पोता बाहर आ सके।

मैं टॉयलेट में गया और जब वापस आया तो उनका बेटा मेरे साथ था।

दोनों की आंखों में पानी आ गया। नम आंखों से उन आंटी ने उससे पुछा कि बेटा तुम कैसे हो क्या तुमने मुझे पहचाना? भूतिया बच्चा बोलाः- हां माँ। आंटी ने उसे बोला, 'तू अभी तक कहां था, मैं तो तुमसे मिलने कितनी बार आई, और तुम सही हो ना?'

मैंने उनकी बात बीच में काटते हुए बोला कि अगर वह लोग यहाँ पर हवन करेंगे तो इस बच्चे को मोक्ष प्राप्त हो जाएगा।

उन लोगों ने ऐसा ही किया और उस बच्चे को मोक्ष प्राप्त हो गया। उसके बाद हमारे स्कूल से यह भूत प्रेतों वाली अफवाह भी खत्म हो गई।

भूत के साथ सैर

एक दिन प्रशांत को उसके बॉस ने रात में काम के लिए रोक लिया। काम करते-करते उन लोगों को रात के तीन बज गए। तीन बजे प्रशांत के बॉस ने बोला कि तुम्हें अभी जाकर कंपनी के पंपलेट पब्लिशिंग के लिए देने होंगे।

पहले तो प्रशांत घबराया और उसने थोड़ी-सी ना नुकुर की, पर बॉस का ऑर्डर था, प्रशांत कैसे टालता।

प्रशांत ऑफिस से निकला और उसने एक ऑटो को रोककर उसे पब्लिशिंग हाउस तक जाने के लिए बोला।

बीच रास्ते में उस ऑटो में दो औरतें चढ़ी। दोनों औरतों ने अगले क्रासिंग तक के लिए ऑटो को किया।

क्रासिंग आते ही एक औरत तो उतर गई और दूसरी औरत बैठी रही। उस औरत के उतरने के बाद वह औरत मुझसे बोली, 'भैया क्या तुमने उस औरत के पैर देखे थे उसके पैर उल्टे थे?'

मैंने बोला कि इसमें क्या बात है?

औरत बोली कि एक बार मेरे पैरों की तरफ भी जरा अपनी नजर डाल लो। जैसे ही प्रशांत ने उस औरत के पैर देखे वह घबरा गया और जोर-२ से चिल्लाने लगाः– चुड़ैल चुड़ैल चुड़ैल...

प्रशांत के चिल्ला आने के बाद ड्राइवर ने भी उस औरत के पैर देखे और उसने घबड़ाकर ऑटो की टक्कर डिवाइडर से करा दी और दोनों

बेहोश हो गए।

सुबह छ:ह बजे जब होश आया तब वहाँ कोई नहीं था। ना तो ड्राइवर ने प्रशांत से कुछ कहा और ना ही प्रशांत ने ड्राइवर से कुछ कहा। दोनों चुपचाप इस घटना को अपने मन में कहीं दाबे अपने अपने काम की ओर चल दिए।

जादुई तालाब

यह कहानी एक तलाब की है। इस तालाब का पानी कभी अमृत हुआ करता था। पर एक काली चुड़ैल ने इस अमृत को जहर में बदल दिया। जो भी आदमी इस तालाब का पानी पीता वह एक से दो दिन में मर जाता।

यह चुड़ैल कोई और नहीं गांव की सरपंच की बेटी ही थी। कुछ समय पहले

गांव के सरपंच ने अपनी बेटी की शादी गांव के जमींदार के बेटे से करा दी। जब दो तीन साल उनको कोई बच्चा नहीं हुआ तो सभी लोग सब उसकी बेटी को बांझ कहने लगे।

यहाँ तक कि लोगों ने अपने मन में ऐसी धारणा कर ली थी कि अगर कोई भी उस लड़की का चेहरा देखेगा तो उसका पूरा दिन खराब जाएगा।

इन सब से परेशान होकर सरपंच की बेटी ने आत्महत्या कर ली। आत्महत्या करने के बाद वह लड़की चुड़ैल बन गई और उसने प्रण लिया की इस गांव को कब्रिस्तान में बदल देगी।

सबसे पहले उसने उस तालाब पर ही अपना डेरा डाल लिया। जिससे जो भी उसका पानी पीता वह मर जाता।

जब गांव में दस पंद्रह मौतें हो गई तो सभी के लिए यह चर्चा का विषय बन गया। सभी लोग सरपंच के पास गए और उनके सामने अपनी चिंता रखी।

सरपंच ने उन लोगों से कुछ समय माँगा। कुछ समय बाद उस तालाब का पानी अपने आप ही सही हो गया। सभी लोग सरपंच के पास गए और उनसे इस बात का रहस्य पूछा।

सरपंच ने बताया कि उनकी बेटी ने आत्महत्या की थी तब उसकी लाश के पास से उन्हें एक चिट्ठी मिली थी, जिस पर उसने लिखा है कि वह इस गांव को कब्रिस्तान में बदल देगी।

फिर सरपंच ने बड़े पूजारी की सहायता से अपनी बेटी को मोक्ष प्राप्त कराया और गांव में शांति लेकर आए।

पूजारी ने सरपंच से बोला कि गांव में वही एक ही व्यक्ति है जिस पर उनकी बेटी मरने के बाद भी हमला नहीं करेगी। जिस से सरपंच उस तालाब में गंगाजल डाल पाएंगे, इन सब चीजों से गांव को मुक्ति दिला पाएंगे।

भेड़िए का शिकार

एक समय की बात है एक कालिया भेड़िया था, उसे भेड़ बहुत ज्यादा पसंद थी। कालिया दिन में कम से कम तीन से चार बार भेड़ का मांस खाता था। जब लगातार उसने भेड़ों को खाना शुरु किया तो भेड़ भी सावधान हो गई। जब भी वह भेड़िए की आहट सुनती भेड़ भागकर अपने मालिक के पास चली जाती। इससे उस भेड़िए का खाना बहुत कम हो गया।

एक दिन भेड़िए ने अपना दिमाग लगाया और सोचा कि क्यों ना हो भेड़ का रूप लेकर भेड़ों के झुंड में घुस जाए। उसने ऐसा ही किया और भेड़ों के झुंड में भेड़ बनकर घुस गया। भेड़ों को पता भी नहीं चला कि उनके बीच अब एक भेड़िया आ चुका है।

भेड़िए ने बड़ी चालाकी से रात होने का इंतजार किया। रात हो गई और उसने सोचा कि क्यों ना अब वह इन में से किसी एक भेड़ का शिकार करें जिससे उसकी भूख शांत हो जाए।

जैसे ही वह भेड़ की तरफ चला तभी वहाँ पर मालिक का रसोइएया आ गया।

मालिक के रसोइए ने यह सोचा कि अगर वह आज मालिक भेड़ पका कर देगा तो मालिक उसे छुट्टी दे देंगे।

रसोइए ने सभी भेदों में से सबसे मोटी ताजी भेड़ निकाली और उसे पकाने का अपना पक्का इरादा बना लिया।

अब जैसे ही रसोइया भेड़ को लेकर चला, भेड़िया उसी भेड़ पर अपनी निगाहें टिकाए बैठा था। रसोइए के चलते ही भेड़िया थोड़ा सा आगे बढ़ा तो रसोइए को कुछ आहट महसूस हुई।

रसोइए ने पीछे मुड़कर देखा तो वहाँ पर उस भेड़ से भी ज्यादा मोटी ताजी भेड़ खड़ी थी। रसोइए ने उस भेड़ को छोड़ कर नई वाली भेड़ को पकड़ लिया। पर नई वाली भेड़, भेड़ नहीं थी वह भेड़िया था। और रसोइए ने बिना कुछ सोचे समझे उसे पका दिया। अब सारी भेड़ों की जान हमेशा के लिए उस भेड़िए से बच गई। इसलिए कहते ज्यादा होशियारी करना अच्छी बात नहीं है।

अमीरों के ठाठ

एक बार की बात है एक टीना नाम की लड़की थी। उस लड़की को अपने अमीर होने का बहुत घमंड था। एक दिन उसने एक चित्रकार से कहा कि वह उसका चित्र बनाएं। चित्रकार ने सोचा कि अगर वह उसका चित्र बनाएगा तो उसे अच्छी खासी मोटी कमाई होगी। चित्रकार ने बिना कुछ सोचे समझे उस लड़की को बोल दिया कि वह एक महीने बाद आकर उसके स्टूडियो में उसका चित्र देख ले।

एक महीना बीत गया। टीना अपने कुत्ते टॉमी के साथ चित्रकार के स्टूडियो पहुँची।

चित्रकार ने टीना को उसका चित्र दिखाया। टीना ने बिना चित्र देखें अपने कुत्ते से पूछा कि टॉमी तुम्हारी मालकिन इस चित्र में कैसी लग रही है। टॉमी ने कोई रुचि नहीं दिखाई और टीना इस बात से भड़क उठी और बोली कि उसे यह चित्र नहीं खरीदना है। चित्रकार थोड़ा परेशान हुआ और उसने बोला कि आप दुबारा इसी समय स्टूडियो में आइएगा तब मैं आपको आपकी नई तस्वीर दिखाऊंगा।

अगले दिन टीना अपने कुत्ते टॉमी के साथ स्टूडियो पहुँची। चित्रकार ने टॉमी दुबारा टीना की तस्वीर दिखाइए। इस बार टॉमी ने तस्वीर को चाटना शुरू कर दिया। टीना यह देख कर बहुत खुश हुई और चित्रकार से वह तस्वीर पैक करने के लिए बोला। इस बार चित्रकार ने उस तस्वीर की दुगनी कीमत लगा दी। टीना ने बिना कुछ सोचे-समझे चित्रकार को उसकी मुंह मांगी कीमत दी। जैसे ही टीना स्टूडियो से निकली चित्रकार हंसने लगा।

शुभी गुप्ता

चित्रकार ने उस तस्वीर में कुछ भी नया नहीं किया था। बस वहाँ पर एक रोटी का टुकड़ा लगा दिया, जिससे टामी उस रोटी के टुकड़े को चाटने लगा।

बेवकूफ नौकर

एक बुढ़िया थी उसके यहाँ दोनौकर काम करते थे। बुढ़िया के यहाँ एक मुर्गा था जिसके बाग देते ही बुढ़िया उठ जाती और उठने के बाद अपने नौकरों को भी उठा कर काम पर लगा देती। नौकरों को सुबह जल्दी उठना बिल्कुल पसंद नहीं था। नौकर ने सोचा कि क्यों ना अगर वह इस मुर्गे को मार दें तो बुढ़िया जल्दी उठेगी ही नहीं और ना उन्हें उठाएगी।

दूसरे को भी यह बात बहुत अच्छी लगी और उन दोनों ने मिलकर उस मुर्गे को मार दिया। अब अगली सुबह, बुढ़िया को समय का पता ही नहीं चला और हो थोड़ा उठने में लेट हो गई।

नौकर बड़े खुश थे, क्योंकि अब उन्हें कोई भी जल्दी नहीं उठा रहा था। ऐसे करते-करते कुछ समय बीत गया और दिन बुढ़िया फिर से एक मुर्गा ले आई।

नौकरों ने बिना कुछ सोचे समझे उस मुर्गे को भी मार दिया। अगली सुबह बुढ़िया रोज के मुकाबले और भी ज्यादा जल्दी उठ गई। उठने के बाद बुढ़िया ने नौकरों को भी उठा दिया। नौकरों को यह बात समझ ही नहीं आ रही थी,कि बुढ़िया इतनी जल्दी कैसे जाग गई। दोनों बड़े ही परेशान थे।

एक नौकर ने सोचा कि क्यों ना एक रात जागकर देखें कि बुढ़िया इतनी जल्दी कैसे जाग जाती है। नौकर पूरी रात जागा और उसने देखा की बुढ़िया ने एक घड़ी भी खरीद ली है जिसमें उसमें सुबह का जल्दी का

अलार्म लगा दिया है। बुढ़िया ने उस नौकर को पकड़ लिया और उसे बोला कि मुझे मालूम है तुम ने मेरे दोनों मुर्गे मार दिए अब यह तुम्हारी सजा है कि तुम रोज सुबह इस घड़ी के हिसाब से उठाओगे और घर का सारा काम करोगे।

भूतिया होटल

सुंदरपुर गांव के पास नया होटल बन रहा था। अचानक उस होटल के बनते बनते किसी ने वहाँ पर अफवाह उड़ा दी कि इस होटल में बहुत सारे भूत रहते हैं, यह भूतों का होटल है। उसी गांव में एक राजू नाम का आदमी रहता था। राजू भूत प्रेत पर विश्वास नहीं करता था। उसने होटल के मैनेजर के पास जाकर बोला कि अगर राजू को नौकरी पर रख लो तो राजू सब लोगों का डर खत्म कर दे।

उस होटल मैनेजर को यह बहुत फायदे का सौदा लगा और बिना कुछ सोचे-समझे उसने राजू को नौकरी पर रख लिया।

कुछ समय बीत जाने के बाद एक रात को अचानक राजू की लाश होटल के रसोई घर में से मिली। सभी लोग यह बोलने लगे कि राजू ने किसी की बात नहीं मानी इसलिए उन भूतों ने मिलकर राजू को मार डाला।

तभी वहाँ राजू की माँ आई और उन्होंने बोला कि भूत प्रेत कुछ नहीं होते हैं यह सब तुम गांव वालों ने मिलकर किया है।

गांव का मुखिया बोला कि राजू की माँ राजू की मृत्यु से पागल और कुछ भी बोल रही है। कुछ समय बीत जाने के बाद एक दिन राजू की माँ ने यह निर्णय लिया कि चाहे कुछ भी हो हो राजू की मृत्यु का पर्दाफाश करके रहेगी कि उसे किसी भूत ने नहीं मारा।

उसी रात राजू की माँ उस होटल में रुकी। रातके बारह बजते ही अचानक से होटल की लाइटें जलने बुझने लगी।

शुभी गुप्ता

राजू की माँ जोर से चिल्लाई कि कौन है?

एकदम अचानक से सामने से एक अध कटा शरीर आ रहा था और वह शरीर किसी और का नहीं उसी के बेटे राजू का था।

राजू की माँ जोर से चिल्लाई की राजू क्या यह तू है? वह शरीर एकदम से बदल कर एक काली बिल्ली बन गया।

उसकी माँ के पास भोलेनाथ का छोटा सा त्रिशूल था उन्होंने त्रिशूल उस बिल्ली के सामने रख दिया। त्रिशूल सामने रखते ही वह बिल्ली एकदम से एक बूढ़ी अम्मा बन गई। राजू की माँ बोली थी कौन हो? तुमने मेरे बेटे के साथ क्या किया?

वह बूढ़ी अम्मा बोली हमने कुछ नहीं किया है उसके साथ वह तो तुम्हारे गांव के कुछ लोग आए थे, और उन लोगों ने मिलकर राजू को मार डाला। राजू को जब उन्होंने मारा तब राजू के खून से हम सभी आजाद हो गए और इस होटल में वास करने लगे।

खंडहर

बात उन दिनों की है जब राहुल कॉलेज का स्टूडेंट था। राहुल अपने कॉलेज के दोस्तों के साथ एक दिन कैंप के लिए जंगल गया। राहुल ने अपने दोस्तों के साथ जंगल में लकड़ियां इकट्ठी करने जैसे ही जंगल की गहराइयों में जाने लगे, अचानक आसमान बादलों से भर गया और बहुत तेज बारिश होने लगी। तेज बारिश की वजह से वह सभी लोग एक खंडहर के अंदर घुस गए। जैसे ही सभी लोग बिल्डिंग के अंदर घुसे तभी राहुल की टक्कर एक खूबसूरत लड़की से हो गई। वह लड़की राहुल को देख कर बोली तुम बहुत भींग गए हो। अपने कपड़े बदल लो।

और उस लड़की ने राहुल को कपड़े दे दिए। राहुल जैसे ही कमरे के अंदर गया, कमरा अपने आप बंद हो गया और कमरे की लाइट भी एक दम बंद हो गई। सभी जगह राहुल को मकड़ी के जाले दिखने लगे मानो जैसे वह कमरा दस साल से खुला ही ना हो।

राहुल इस चीज को देख कर डर गया और दरवाजा खोलने भागा। पर दरवाजा मानो ऐसे बंद हो गया था जैसे वह भी दस साल से खुला ना गया हो। अब राहुल उस कमरे बंद हो गया और जोर जोर से चिल्लाने लगा।

बाहर जो राहुल के दोस्त थे उन्हें कुछ देर बाद ऐसा हुआ कि राहुल उनके साथ नही है और कहीं दूर से उसके चिल्लाने की आवाज आ रही है।

कुछ देर ढूंढने के बाद राहुल ने अपने कमरे की खिड़की से अपनी

टी-शर्ट बाहर फेंक दी।

राहुल के दोस्तों ने टीशर्ट देख ली और उसे बचाने के लिए उस कमरे की तरफ जाने लगे।

जैसे ही वह लोग कमरे की तरफ पहुँचे राहुल ने चीख कर बोला कि अंदर मत आना अगर तुम लोग भी यहाँ अंदर आए तो तुम भी मेरे साथ यहाँ फंस जाओगे। राहुल कमरे के अंदर अपने बाहर निकलने का रास्ता ढूंढ ही रहा था तभी उसके हाथ एक पुरानी तस्वीर लगी।

जैसे ही राहुल ने उस तस्वीर को चांद की रोशनी में लाया, उस तस्वीर में जान पड़ गई। वह तस्वीर उसी लड़की की थी जो लड़की उस से टकराई थी। तस्वीर में से लड़की बोली कि मैं तुम्हें बाहर नहीं जाने दूंगी। राहुल ने डरते डरते पूछा कि उसने उसका क्या बिगाड़ा है?

तस्वीर ने उसे बताया कि कैसे कुछ लोगों ने मिलकर उसे उस कमरे में बंद कर दिया था जहां उसकी मृत्यु हो गई।

राहुल बोला, कि उसने तो कभी किसी के साथ कुछ बुरा नहीं किया। तस्वीरें फिर भी उसे बाहर जाने के लिए अनुमति नहीं दी।

राहुल ने फिर उसे अपने बारे में बताया कि वह सभी की सहायता करता है,चाहे वह कोई भी हो। वह सभी लोगों से यह गुजारिश भी करता है कि सभी लोग सभी की मदद करें और अच्छा काम करें।

उस तस्वीर ने अपना हाथ बढ़ाया और राहुल के हाथ को पकड़ा, जैसे ही तस्वीर ने हाथ पकड़ा तस्वीर के सामने राहुल की एक बात सच साबित हुई।

तस्वीर ने फिर राहुल को बाहर जाने दिया और उससे बोला कि वह सभी से ऐसे बात करें और सभी की सहायता करें जिससे इस दुनिया में बुराई कम हो सके। दरवाजा खुलते ही राहुल अपने दोस्तों के पास भाग गया।

भूतिया कुर्सी

एक रामनगरनाम का गांव था। उस गांव के पास एक घना जंगल था। जिसमें राजू नाम का तांत्रिक रहता था। उस तांत्रिक को अपनी तंत्र विद्या पर बहुत ज्यादा गर्व था। वह सोचता था कि जिसे चाहे उसे अपने वश में कर सकता है और जिसे चाहे उसे मार सकता है।

गांव वालों कोयह बात पता चल गया कि राजू तांत्रिक अपनी तंत्र विद्या का इस्तेमाल करके गांव के युवकों को एक एक कर के अपने वश में कर रहा है और कुछ समय बाद ही उन्हें मार देता है।

एक रात गांव के लोग ने एक टोली बनाकर उस तांत्रिक को मारने की योजना बनाते हैं। जैसे ही वह सभी लोग उस तांत्रिक के पास पहुँचते हैं, वह तांत्रिक उस समय अपनी तंत्र विद्या में लीन होता है। तभी गांव के लोग उसे मिलकर उसकी कुर्सी से बांध देते हैं और आग लगा देते हैं।

वह तांत्रिक वहाँ उसी कुर्सी पर तड़प तड़प के मर जाता है गांव वाले सोचते हैं कि अब उन्हें इस तांत्रिक से हमेशा के लिए छुटकारा मिल गया।

चार-पांच साल तो बहुत अच्छे से निकल जाते हैं। गांव में भी बहुत ज्यादा सुख शांति का माहौल रहता है। तभी वहाँ शहर से चार लड़के आते हैं और वह सोचते हैं कि क्यों ना आज रात जंगल में बिताई जाए।

लड़के घूमते घूमते उस तांत्रिक के इलाके तक पहुँच जाते हैं, वहाँ वो लोग देखते हैं कि मकड़ी के जालेलगे हुए हैं। गीदड़ वहाँ भैंसे के मांस

को खा रहे हैं। उनमें से एक लड़के का पैर उस कुर्सी से टकराता है और वह देखता है कि यह कुर्सी में कुछ अजीब है। बिना कुछ सोचे-समझे वह लड़का उस कुर्सी पर बैठ जाता है। तब उस लड़के में उस तांत्रिक की आत्मा आ जाती है। आत्मा के आते ही लड़का जोर जोर से चिल्लाता है। अबहोगा मेरा इंतकाम पूरा। अब मैं इस पूरे गांव को जला कर नष्ट कर दूंगा। बाकी के तीन लड़के इस दृश्य को देखते हैं और वापस गांव की ओर भागते हैं। गांव के सरपंच को यह सारी बात बताते हैं।

सरपंच डरके मारे उन लड़कों की डंडे से पिटाई कर देता है। और बोलता है कि तुम्हें किसने बोला उस जंगल में जाने को और उस कुर्सी पर जाकर बैठने को। लड़के माफी मांगते हैं और अपने दोस्त को बचाने की तरकीब पूछते हैं। सरपंच ने बताता है कि अगर वह लड़का उस कुर्सी पर से उठ जाये और उस कुर्सी में तुम लोग किसी तरह से आग लगा दो तो शायद तुम्हारा दोस्त उस तांत्रिक की आत्मा के चंगुल से बाहर आ जाए।

इतनी ही देर में वह लड़का तांत्रिक की कुर्सी के साथ उड़ता हुआ गांव में आ जाता है। लड़के तभी योजना बनाते हैं।

तीनों लड़के मिलकर उस व्यक्ति को ढूंढते हैं जिसने पहले तांत्रिक की कुर्सी में आग लगाई थी। उस आदमी से गुजारिश करते हैं कि वह कुछ समय के लिए तांत्रिक के सामने आ जाएं। वह आदमी मान जाता है और तांत्रिक के सामने आकर खड़ा हो जाता है। जैसे ही वह तांत्रिक की आत्मा उस आदमी को देखती है वह कुर्सी से उतर जाती है और मौका पढ़ते ही तीनों लड़के उस कुर्सी पर मिट्टी का तेल डालते हैं और आग लगा देते हैं। जिससे उनके दोस्त की जान बच जाती है। और गांव के लोगों को भी उस तांत्रिक की आत्मा से छुटकारा मिल जाता है।